Camillo Öhlberger

PHILHARMONISCHE ESKAPADEN

CAMILLO ÖHLBERGER

Philharmonische Eskapaden

Heiteres von Komponisten, Dirigenten und Musikern

UEBERREUTER

Die Deutsche Bibliothek – CIP-Einheitsaufnahme

Öhlberger, Camillo:
Philharmonische Eskapaden / Camillo Öhlberger. –
Wien : Ueberreuter, 1996
ISBN 3-8000-3625-8

AU 0383/1

Printed in Slowenien
1 3 5 7 6 4 2

Zum Geleit

Die „Philharmonischen Eskapaden“ sind ein Streifzug durch die Erinnerungsbücher dreier Musiker, deren ältester schon 1869 bei der Eröffnung der Hofoper am Ring die Bratsche gestrichen hatte. In diesen nach 1900 gedruckten Tagebüchern dreier Philharmoniker entdecken wir Unbekanntes von Wagner und Verdi, Bruckner und Brahms, Liszt, Dvořák und Mahler, Johann Strauß und Richard Strauss – kuriose Details, die in keiner Musikgeschichte zu finden sind. Denn alle diese Komponisten standen einst als Dirigenten vor unserem Orchester, sei es in der Hofoper oder im Musikverein. Und weil Richard Wagner die Wiener Musiker schätzen gelernt hatte, berief er viele unserer alten Kollegen nach Bayreuth, wo sie weiter ihre Späße trieben, wie manche Anekdote beweist.

Wie schon in den „Philharmonischen Capriolen“ geistert auch in den „Eskapaden“ ein Herr Kunibald bei den Wiener Philharmonikern von Pult zu Pult, spielt verschiedene Instrumente und nimmt alle Streiche auf seine Kappe. Dabei werden auch diesmal die wahren Täter in einem Nachsatz beim vollen Namen genannt.

Den Abschluß des Buches bilden Anekdoten aus unserer Zeit. Denn auch Toscanini und

Furtwängler, Knappertsbusch und Clemens Krauss, Karl Böhm und Herbert von Karajan waren nicht frei von Marotten und Eigenwilligkeiten.

Diese wahren Begebenheiten aus nahezu anderthalb Jahrhunderten werden durch Bilder aus der jeweiligen Epoche anschaulich gemacht: Von den Karikaturen und Schattenrissen des Hans Schließmann, Dr. Otto Böhler und anderer Graphiker vor der Jahrhundertwende bis zu den Zeichenkünstlern und Karikaturisten unserer Zeit, von denen ich etwa B. F. Dolbin, Bernhard Leitner und Ludwig Michalek nennen möchte – und zwei mit der Musik eng verbundene: den Wiener Philharmoniker Ernest Bartolo und den Konzertdiener im Musikverein Rudolf Effenberger. Er ruft in seinen qualitätvollen Musikerkarikaturen in Erinnerung, daß er den seiner Obhut anvertrauten Künstlern stets mehr bedeutet hat, als die Bezeichnung Konzertdiener auszusagen vermag. – Wie schon in meinen „Philharmonischen Capriolen“ stehen auch in den „Eskapaden“ die abstrakten Musikanten meines Sohnes und philharmonischen Fagottkollegen Reinhard Öhlberger in reizvollem Gegensatz zu den aussagekräftigen Künstlerportraits von Winnie Jakob-WIN.

C. Ö.

Der „Eskapaden“ erster Teil

Herr Kunibald spielt „Lohengrin“

Herr Kunibald spielt mit Gewinn
heut in der Oper „Lohengrin“
mit Richard Wagner selbst am Pult.
Der schlägt nicht gut, ist öfter schuld

an dem Gewackel, manchem Schmiß.
Doch der Direktor ahnte dies,
setzt Hofkapellmeister Hans Richter
ans Paukenpult – von dort aus schlicht’ er

den Fall: Den Schlegel fest gepackt,
gibt jeden Einsatz er, schlägt Takt
und bringt so alles ins Geleise
Und Richard Wagner, klug und weise,

tut so, als ob er das nicht sieht.
Er ist gewohnt, daß viel geschieht
auch manchmal hinter seinem Rücken.
So löst sich alles in Entzücken

und Wohlgefallen. Der Applaus
ruft Richard Wagner bald heraus,
der gern sich auf der Bühne zeigt
und mit den Sängern stolz verneigt.

Joseph Sulzer, Solo-Cellist der Wiener Philharmoniker, schreibt in seinen „Erinnerungen“ (Wien, 1910) über diese „Lohengrin“-Aufführung mit zwei Dirigenten.

Richard Wagner
Humoristische Blätter 1873

Herr Kunibald und die Lipizzaner

Herr Kunibald spielt im Orchester.
Heut kommt der Komponisten bester,
kommt Richard Wagner! Er schaut zu,
stellt aus, man ändert ab im Nu,

was auf der Bühne nicht gefällt
dem Meister. Schont dabei nicht Geld
noch Gulden. – Beim Walkürenritt
kam es soweit, daß man sich stritt.

Man hat die Szene einstudiert
mit echten Pferden, hat dressiert
die weltberühmten Lipizzaner.
Doch Wagner sagt, nicht ausstehn kann er

die Schimmel. Nein, er will nicht weiße,
will schwarze Pferde. Das gibt heiße
Debatten: Woher so schnell nehmen
die Rappen? Man muß sich bequemen

zu einem faulen Kompromiß:
Man hat – und Wagner wünschte dies! –
der edlen Pferde Wohlgestalt
mit schwarzer Farbe angemalt.

Der Walkürenritt
Karikatur aus Puck, Leipzig 1876

Rudolf Mayr, Cellist der Wiener Philharmoniker, erzählte dem Autor vor mehr als einem halben Jahrhundert aus dem Anekdotenschatz des Orchesters auch von jener „Walküren“-Aufführung und den Regieanweisungen Richard Wagners.

Herr Kunibald im Bayreuther Orchestergraben

Herr Kunibald spielt in Bayreuth.
Oh, der Orchestergraben beut,
der tief versenkte, Grund zur Klage.
Das Spielen wird zur reinsten Plage

den Musikern; man dampft und schwitzt.
Kein Wunder, daß man sich erhitzt
und streitet. Damit nicht genug:
man klagt auch über leisen Zug,

der kommt, man spürt's, von oben her,
kommt von der Bühne. Das wiegt schwer:
Man schwitzt und muß sich fest einpacken!
Herr Kunibald bläst in den Nacken

dem Vordermann. Der Zug, er schwört,
stammt nicht von ihm. Wie dieses hört
Professor Simandl aus Wien,
stellt stumm er eine Kerze hin

vor sich. Der Herr vom Kontrabaß
hat mitgebracht sie rein zum Spaß.
Das Kerzenlicht ist kaum entflammt,
da zittert es und zuckt. – Verdammt!

Das Flackern ist noch nicht genug,
denkt Kunibald, hilft nach dem Zug
und hat ein wenig hingeblasen.
Oh, Richard Wagner bringt zum Rasen

der Zeitverlust, der Aufenthalt.
Doch das Problem löst sicher bald,
der einst es schuf, der Architekt.
Der nimmt ein Tuch, hat abgedeckt

ein kleines Loch, verstopft ein Ritzchen –
und ahnt nichts von den Kinkerlitzchen.
So zieht es denn im Festspielhaus
noch weiter, bis das Festspiel aus.

Richard Wagner
Wiener humoristisches Jahrbuch, 1864

Theobald Kretschmann, Cellist der Wiener Philharmoniker, schildert in seinem Buch „Tempi passati" (Wien, 1910) diese Erinnerung an den Bayreuther Orchestergraben.

Herr Kunibald in Villa Wahnfried

Auch Kunibald lädt heut man ein,
mit andern Künstlern Gast zu sein
in Villa Wahnfried. – Das Buffet
ist reich gedeckt wie eh und je.

Solang sie noch der Dinge harrten,
führt Richard Wagner durch den Garten:
Den Grünen Hügel auf und ab,
zeigt stets den Gästen er sein Grab.

Von dort weg geht es dann zum Glück
schnell wieder in das Haus zurück.
Da fließt Champagner, das ist klar,
zu Hummer, Lachs und Kaviar.

Wenn Wagner plaudert, ist sein Sächseln
ganz deutlich, ist nicht zu verwechseln
der hohen Stimme dünner Klang.
Er, der von Göttern, Helden sang,

ist klein, trägt stolz sein Samtbarett
zum schwarzen Schlafrock, gibt sich nett –
und ist dann doch leicht indigniert,
weil jeder einen Titel führt,

die Musiker, die Gäste alle.
Das kitzelt, scheint's, des Meisters Galle:
„Hier wimmelt es von Kapellmeesters",
höhnt Wagner, „und von Konzertmeesters."

Wie ihn Musikdirektor nennt
ein Gast, sagt Wagner vehement:
„Das war einmal!“ belehrt er ihn,
„Weil ich jetzt nur mehr Wagner bin.“

Bankett in Villa Wahnfried
Humoristische Blätter 1882
(unbezeichnet)

Theobald Kretschmann, Cellist der Wiener Philharmoniker, erzählt in seinem Buch „Tempi passati“ (Wien, 1910) von seinem Besuch in Villa Wahnfried und zitiert wörtlich Richard Wagners Äußerungen.

Herr Kunibald und die Hunde von Bayreuth

Was Kunibald einst in Bayreuth
erlebt hat, wär' vergessen heut,
hätt' er nicht manches sich notiert.
So werden heuer angeführt

die Geiger von dem Konzertmeister,
aus Wiesbaden, Wilhelmi heißt er.
Der ist auch gut für manchen Streich!
So geht er eines Morgens gleich

durch halb Bayreuth und sucht den Schinder,
den Wasenmeister, der, was find' er
an Hunden, fängt mit seiner Schlinge,
auf daß er in sein Haus sie bringe.

Zu dem nun geht als früher Kunde
Wilhelmi und kauft alle Hunde,
verschenkt dann diese Kläffermeute
an die Kollegen. Das war heute

ein Aufzug vor dem Festspielhaus!
Hier warten, bis die Probe aus,
die Köter, an den Zaun gebunden,
auf ihren Herrn, gut drei, vier Stunden.

Der eine Hund kratzt sich den Bauch,
die andern bellen, heulen auch
und jaulen. Ja, das Hunde-Unding
schert sich um Wotan nicht und Hunding.

Nicht lang, so staunen alle Kinder,
als schließlich kam hieher der Schinder
und holt die vielen Hunde ab.
Er ward bezahlt, und gar nicht knapp.

Doch weil der Schinder nie noch war
in „Wahnfried“, so ist ihm nicht klar,
wer kurz zuvor bei ihm gewesen. –
Doch Wagner bucht ab: „Drei Mark Spesen.“

Theobald Kretschmann, Cellist der Wiener Philharmoniker, erzählt in seinem Buch „Tempi passati“ (Wien, 1910) diese Hundegeschichte aus Bayreuth.

Herr Kunibald und der falsche Septakkord

Herr Kunibald spielt in Bayreuth,
Hans Richter dirigiert. Doch heut
hat dessen untrügliches Ohr
sich doch getäuscht. Denn ihm kommt vor,

in dem Akkord wär' falsch ein Ton.
Er läßt ihn spielen zweimal schon,
beim dritten Mal ist endlich fort
der Mißton in dem Septakkord.

Wie Pause war ein Takt für alle
– man nennt das eine generale –,
da hört man laut mit einem Mal
das Tönchen: Jetzt ist klar der Fall!

Da draußen vorm Orchesterraum
spielt jemand mit. Man merkt es kaum
im Forte. Schon steht auf, eilt hin
Professor Simandl aus Wien,

stellt ab schnell seinen Kontrabaß.
Sein Kopf ist rot, er ahnt etwas:
nimmt das Trompetchen weg dem Sohn,
dem kleinen – und der weint auch schon.

Der Vater führt ihn in den Garten,
hier soll er spielen, auf ihn warten.
Er hat den Herrn doch zugesehn
so lange – und jetzt muß er gehn?

Er darf nicht mehr Trompete blasen,
wälzt weinend sich im weichen Wasen,
weil Wagner seine Töne scheut
am Grünen Hügel in Bayreuth.

Richard Wagner
Karikatur von Gill, L'Eclipse, Paris 1869

Theobald Kretschmann, Cellist der Wiener Philharmoniker, erzählt in seinem Buch „Tempi passati“ (Wien, 1910) diese Episode von einer Probe in Bayreuth.

Herr Kunibald spielt „Walküre“

Als Kunibald in Bayreuth war,
gab man den „Ring“ in jenem Jahr
zum ersten Mal. Vorn steht am Pult
Hans Richter. Dem reißt die Geduld

in einer der „Walküre“-Proben:
Wenn Hunding auf der Bühne droben
tief orgelnd singt: „Ich weiß ein wildes
Geschlecht ...“, tönt ein Falsett-gedrilltes

„Ich auch!“ aus dem Orchestergraben.
Wer kann das nur gerufen haben,
treibt so mit Wagners Werk noch Spaß?
Hans Richter rügt: Man lasse das!

Nur Kunibald, der seitwärts schielt,
weiß wohl, wer diesen Streich gespielt.
Doch wird er nie verraten ihn:
Professor Simandl aus Wien.

Theobald Kretschmann, Cellist der Wiener Philharmoniker, erzählt in seinem Buch „Tempi passati“ (Wien, 1910) diese Geschichte aus Bayreuth.

Hans Richter
Karikatur von Th. Zasche
Aus Wiener Luft, 1891

Herr Kunibald spielt auf Kirchenchören

Herr Kunibald läßt gern sich hören
auch als Cellist auf Kirchenchören.
Nicht nur in Wien! Er ist bekannt
in Blatna auch im Böhmerland.

Von dort stammt ab sein Freund, sein bester,
der Kontrabaß spielt im Orchester,
Franz Simandl. Der hat zuvor
Gesang studiert, war einst Tenor

als Konservatorist in Prag.
So singt er denn am Kirchweihtag
in Blatna, singt ein Graduale.
Das ist geweiht in diesem Falle

der Lieb' zum Sankt Laurentius.
Doch dieser Text folgt erst am Schluß.
Denn wie man's von der Liebe kennt,
heißt's anfangs nur: „Es brennt, es brennt ..."

Das hört das Volk und rennt hinaus
und fragt verzagt: „Wo brennt ein Haus?"
Kaum daß den Irrtum man begriffen,
hat auf das Weit're man gepfiffen.

Man geht ins Gasthaus und trinkt Bier,
hört sich die Messe an von hier.
Zu Ende geht die heil'ge Handlung.
Wie Kunibald sich nach der Wandlung

ins Cellosolo will versenken,
spielt er vor leeren Kirchenbänken.
Dafür kommt er von Wien hierher?
In Blatna spielt er nimmermehr.

Theobald Kretschmann, Cellist der Wiener Philharmoniker, erinnert sich in seinem Buch „Tempi passati II" (Wien, 1913) an das Tenorsolo des philharmonischen Solo-Kontrabassisten Franz Simandl in der Kirche seines böhmischen Heimatdorfes und an die seltsame Auswirkung eines Graduale-Textes.

Herr Kunibald hört aus Prag …

Herr Kunibald hört auch von Prag
viel Neues: eine Oper mag
dort kaum gefallen. Ihren Titel,
den kennt er nicht. Doch hat Herr Kittel

schon früher Besseres geschrieben.
Von dem Verriß verschont geblieben
ist Fräulein Mayer – ein Sopran,
der Karriere machen kann.

Als die nun sang in jener Oper,
die durchfiel, weil sie nicht ganz proper,
da brandet Beifall auf und Jubel.
Doch vor dem Vorhang in dem Trubel

kommt Kittel neben sie zu stehn,
der Komponist. „Wir wollen sehn“,
ruft jemand, der das Werk bekrittel',
„das Fräulein Mayer ohne Kittel.“

Sigmund Bachrich, Bratschist der Wiener Philharmoniker, erinnert sich in seinem Buch „Aus verklungenen Zeiten“ (Wien, 1914) an diese aus Prag berichtete Anekdote.

Als Kunibald in Prag studierte ...

Als Kunibald in Prag studierte
– war es das dritte Jahr, das vierte? –,
da war gemäß dem Studienplan
auch die Musikgeschichte dran.

Professor Ambros – ein Genie
an Wissen! – plagt die Schüler nie
mit heiklen, ausgefall'nen Fragen.
er pflegte einfach s o zu sagen:

„Heißt Mozarts Symphonie, C-Dur,
die Jupiter?" Sagt einer nur
drauf ja, ist's gut. „Und schrieb nicht Brahms
vier Symphonien?" – „Ja." So kam's

zu Haydn: Wer wagt zu bestreiten,
daß der einst schrieb die „Jahreszeiten"?
„Ist Bachs Matthäus-Passion
sein Hauptwerk?" – „Ja." – „Sehr gut, mein Sohn."

Herr Kunibald lebt längst in Wien.
Wie er zum Traualtar tritt hin
und hört, die Frage rückt jetzt nah,
denkt er an Ambros und sagt: „Ja."

Theobald Kretschmann, Cellist der Wiener Philharmoniker, schreibt in seinen „Tempi passati" (Wien, 1910) von der seltsamen Prüfungsmethode des Professors Wilhelm August Ambros, einem der großen Musikhistoriker des 19. Jahrhunderts.

Herr Kunibald spielt „Aida“

Herr Kunibald spielt heut „Aida“,
vorn steht am Pult – das war noch nie da! –,
als Dirigent der Komponist.
Giuseppe Verdi freilich ist

beim Proben schweigsam, denn er kann
nicht Deutsch. Doch zeigt sein Taktstock an
– und seine Hand ist ausdrucksvoll –,
wie das Orchester spielen soll.

Bricht Verdi ab, so korrigiert er
zumeist die Sänger, da parliert er
auf italienisch. Schwerer geht's
mit Pane Wenzel Blahawetz.

Doch Verdi macht auch kein Gefackel,
wie viel zu spät kommt mit Gewackel
die Bühnenmusik. Alle wissen:
Durch einen Schlitz in den Kulissen

schaut dort ein Mann nach vorn zum Pult
und dirigiert. Doch was ist schuld,
daß alles kommt heut hinterher?
Giuseppe Verdi nimmt's nicht schwer,

er läuft zur Bühne flink hinauf,
klappt schnell sein Taschenmesser auf
und macht den Sehschlitz deutlich größer
im Paravent – und schon geht's besser.

Wie abends alles läuft exakt,
der Beifall wächst von Akt zu Akt,
sagt Kunibald - wer denkt dran noch? –:
„Das alles kommt von einem Loch.“

Giuseppe Verdi
Karikatur (unbezeichnet)

Der Solo-Cellist Joseph Sulzer schildert in seinen „Erinnerungen eines Wiener Philharmonikers“ (Wien, 1910) die Proben und die Aufführung von Giuseppe Verdis „Aida“ unter Leitung des Komponisten.

Herr Kunibald spielt Klaviertrio

Herr Kunibald hat als Cellist
gespielt mit dem Abbé Franz Liszt.
Auch Hellmesberger war dabei
bei diesem Trio. Wie die drei

nachher stehn in der Garderobe,
hält Liszt – stellt er sie auf die Probe? –
den beiden ganz hoch hin die Hand.
Er will, und das ist stadtbekannt,

daß dem Abbé die Hand man küßt.
Statt daß er tut, was jetzt er müßt',
hat Kunibald die Hand geschüttelt,
in stummem Zorn daran gerüttelt.

„Ein Handkuß nach dem Trio-Abend!"
stöhnt Kunibald, am Wein sich labend.
„Was tun", seufzt er, „wenn der Abbé
uns nächstens reicht die große Zeh'?"

Der Solo-Cellist Joseph Sulzer schreibt in seinen „Erinnerungen eines Wiener Philharmonikers" (Wien, 1910) von jenem Trio-Abend mit Franz Liszt und dem von diesem erwarteten Handkuß.

Franz Liszt und die Frauen
Aus „Bolond Istók", Budapest 1876

Herr Kunibald in Budapest

Wie Kunibald aus Budapest
gehört hat, plant man dort ein Fest:
Franz Liszt wird leiten ein Konzert!
Nicht lang und Kunibald erfährt,

daß es um die Legende geht
der heiligen Elisabeth.
So reisen denn ein paar Kollegen
mit ihm dem Ungarland entgegen.

Sie spielen im Redoutensaal
und wundern sich zuerst einmal,
daß Liszt so spät kommt in die Probe.
Er schreitet würdig in der Robe

eines Abbés, trägt die Soutane.
Knapp hinter ihm, wie Suffragane,
führt an den Zug die Geistlichkeit.
Der folgt die holde Weiblichkeit

mit bunten Kleidern, kecken Hüten.
Die Damen tragen Blumen, Blüten,
und sitzen dem Abbé zu Füßen
nach tiefem Knix und Händeküssen.

Da hebt Franz Liszt den Zauberstab.
Und so läuft denn die Probe ab,
daß laut er zum Orchester spricht.
Denn auch die Damen sind erpicht,

daß man des Meisters Wort gut hört –
der einen Musiker beschwört:
„O Flöte! Blase blaue Luft,
dann geht der Himmel auf.“ So ruft

er aus das eine und das andre,
wohin sein Blick gerade wandre.
Jetzt sucht sein Auge die Trompete.
Herr Kunibald setzt an, er hätte

gleich Solo, spielt noch keinen Ton.
Da hört Franz Liszt er sagen schon,
erhob'nen Blicks, als ob er träume:
„Trompete! Bitte, grüne Bäume!

Sie müssen grüne Bäume blasen.“
Dem folgen Worte, folgen Phrasen.
Das ist Herrn Kunibald zu dumm.
Er bläst, so gut er's kann. Und drum

ist's auch gelungen im Konzert.
Franz Liszt, der übers Haar sich fährt,
verdreht die Augen, ist entzückt,
von grünen Bäumen tief beglückt.

Wie nachher die Kollegen fragen
Herrn Kunibald, er soll doch sagen,
was bei der Stelle er gedacht,
hat er in sich hinein gelacht

und brummt: „Nicht Bäume, blaue Luft –
ich hab' gedacht an Gulaschduft!
Wenn das Konzert zu End' wird sein,
gibt's Tokayer und Ungarwein."

Sigmund Bachrich, Bratschist der Wiener Philharmoniker, schildert in seinem Buch „Aus verklungenen Zeiten" (Wien, 1914) die Budapester Aufführung der „Legende der heiligen Elisabeth" von Franz Liszt unter der Leitung des Komponisten – und zitiert dabei wörtlich dessen Probenanweisungen.

Als Kunibald in Troppau war ...

Als Kunibald in Troppau war
und strich das Cello für ein Jahr
im Stadttheater, war er jung
und doch nach Wien schon auf dem Sprung.

Wie manche hier an dieser Bühne!
Ein Traum, den sich wohl nicht erkühne
die Primadonna: sie singt recht
und schlecht, was man von ihr so möcht'.

Sie trägt dabei in allen Rollen
stets Filzpantoffeln, kummervollen
Gesichtes: weil kein Schuh kann taugen
für ihre großen Hühneraugen.

Theobald Kretschmann, Cellist der Wiener Philharmoniker, schildert in seinem Buch „Tempi passati II" (Wien, 1913) sein erstes Orchesterengagement in Troppau und erinnert sich an die dortige Primadonna.

Herr Kunibald in Bielitz

Als Kunibald auf seiner Tour
durch Böhmen auch nach Bielitz fuhr,
hört er sich an dort ein Konzert.
Und das war eine Reise wert!

Er weiß, daß oft in kleinen Städten
die Musiker es schwer wohl hätten:
Nicht nur, daß man sie schlecht bezahlt,
sie sind oft auch verbraucht und alt.

Drum sieht man manchmal Soli wandern
von einem Bläserpult zum andern.
Man hilft sich aus, ganz ohne Spaß:
Blas du mir dies, spiel ich dir das.

Doch die von Bielitz hat gepackt
der Ehrgeiz. Ja, man hat's gewagt,
ein Kammermusikwerk zu spielen,
der schwersten eins von all den vielen.

Steht im Programm auch groß und fett
gedruckt das Beethoven-Septett –
nicht einer, der das Ganze kann!
Statt sieben spielen dreizehn Mann.

Theobald Kretschmann, Cellist der Wiener Philharmoniker, schreibt in seinem Buch „Tempi passati II" (Wien, 1913) von diesem Konzert in Bielitz.

Joh. Peter Lyser: L. v. Beethoven

Herr Kunibald in Pilsen

Als Kunibald in Pilsen war,
wirkt er als junger Cello-Star
bei einer Festakademie.
Der Pianist – das gab's noch nie! –

kommt halb betrunken ins Konzert.
Wie wild er mit den Händen fährt
von links nach rechts über die Tasten,
drischt viel zu laut in seinen Kasten.

Und hat den Faden er verloren,
so setzt er aus ganz unverfroren,
ruft „Bravo“ und klatscht in die Hände,
tut so, als ob jetzt „Pause“ stände

für das Klavier am Notenblatt,
weil jetzt das Cello Solo hat.
Mit dem Getu' will er vertuschen
sein unterbroch'nes Spiel, sein Pfuschen.

Am Ende klatscht das Publikum.
Herr Kunibald verbeugt sich stumm –
der Pianist steht auf und wankt,
hat für den Beifall stolz gedankt.

Theobald Kretschmann, Cellist der Wiener Philharmoniker, berichtet in seinem Buch „Tempi passati II“ (Wien, 1913) von diesem Konzert in Pilsen.

Herr Kunibald spielt „Freischütz“

Als Kunibald in Troppau war,
erlebte er in diesem Jahr
am Stadttheater Seltsamkeiten.
War Not am Mann in jenen Zeiten,

so trat auch als Solist hervor
Herr Bohuslawski aus dem Chor.
Wenn Max und Kaspar Kugeln gießen
in Webers „Freischütz“, überließen

sie ihm das Echo. „Samiel –
erschein!“ ruft Kaspar. Da wird schnell
ein schwarzer Fetzen hochgezogen.
In seinem Schatten also pflogen

die Burschen vorn der Zauberei,
sie gießen Kugeln. „Eins!“, dann „Zwei!“
ruft Kaspar. Aus dem Hintergrund
ertönt ein jedes Mal profund

das Echo, wiederholt die Zahl
korrekt – bis auf das eine Mal:
Wenn Kaspar vorne laut zählt „Sechs!“,
ruft hinten Bohuslawski: „Schmecks!“

Theobald Kretschmann, Cellist der Wiener Philharmoniker, erinnert sich in seinem Buch „Tempi passati II“ (Wien, 1913) an sein erstes Engagement in Troppau und den „Freischütz“ von Carl Maria von Weber.

Herr Kunibald in Dresden

Herr Kunibald in Dresden hat
den Nervenkitzel gründlich satt
am ersten Horn: In „Oberon“
fängt er allein an. Jahre schon

liegt dieses Solo ihm im Magen!
Drei Töne sind es, die ihn plagen.
Genau besehn ist das nichts weiter
als nur ein Stück der Dur-Tonleiter,

von unt’ nach oben – um zu zeigen,
sein Hornruf weckt den Elfenreigen
hervor aus dämmerdunklem Wald.
Was kümmert das Herrn Kunibald?

Er geht doch morgen in die Rente!
Als ob die Noten er nicht kennte,
spielt er die Töne im Konzert
von hint’ nach vorn, bläst sie verkehrt.

Er weiß, ihm kann nichts mehr geschehn.
Er wird im Wald spazierengehn
und träumen in der Pension
von seinem letzten „Oberon“.

C. M. von Weber: Ouvertüre zu „Oberon“

Carl Maria von Weber
Karikatur (unbezeichnet)

Die Anekdote vom letzten Dienst eines Solo-Hornisten in Dresden, der Stadt des Carl Maria von Weber, wird in vielen Orchestern weitererzählt.

Herr Kunibald trifft Anton Bruckner

Herr Kunibald spielt im Konzert
Musik, die ihm besonders wert –
spielt eine Bruckner-Symphonie.
Er kennt den Meister, sprach ihn nie.

Da trifft er heut ihn auf der Gasse.
Er überlegt, ob er sich fasse
ein Herz und spricht den Meister an.
Doch halt! Da steht ja noch ein Mann,

der sonst in Hanslicks Gassen streunt.
Der ist bestimmt kein Bruckner-Freund.
Der schaut, den Zwicker stolz erhoben,
den Meister an von unt' bis oben:

Sein Anzug ist stets Übergröße,
die Knie verbeult, des Gehrocks Schöße
zu lang – wie seine Symphonie.
„Bei welchem Tischler lassen Sie

sich diesen groben Anzug machen?"
So fragt der Herr, verbeißt ein Lachen.
Doch Bruckner sagt: „Ja, mein Gewand
ist einfach, aber elegant."

Dr. Otto Böhler: Anton Bruckner,
gefolgt von seinen Kritikern
Hanslick, Kalbeck, Heuberger.

Aus dem Wiener Struwwelpeter

Dr. Otto Böhler: Anton Bruckner

Herr Kunibald spielt Bruckners „Achte“

Herr Kunibald versäumte nie,
zu spielen eine Symphonie
von Anton Bruckner. Was es sei,
der Komponist war stets dabei.

Auch als probierte man die „Achte“.
Was Bruckner nur für Bückling machte
vorm Dirigenten! Sein Respekt
ist groß. – Er spricht den Dialekt

der Heimat, ist devot und schlau.
Herr Kunibald schreibt auf genau,
was Bruckner zu Hans Richter spricht.
Der Dirigent bemerkt erst nicht,

daß Bruckner sich stellt hinter ihn,
schaut ins Orchester, deutet hin
und wieder bald auf den und den,
macht Zeichen, die man kann verstehn

und oft auch nicht. Bald ist's ein Loben,
ein Kußhändchen, ein Blick nach oben
zum Himmel mit verdrehten Augen,
wenn eine Phrase ihm mocht' taugen.

Dann wieder feixt er, deutet nein!
Hans Richter merkt das wohl, greift ein
und fragt, was falsch ist, wann und wo.
„Da fehlt fein nix, a grad a so!“

sagt Bruckner und verbeugt sich tief
und lang; tritt dann zurück, äugt schief
zu Richter, der schon dirigiert.
Nicht lang, und Bruckner grimassiert,

er schneidet schmerzvolle Gesichter.
Zum zweitenmal fragt ihn Hans Richter.
Doch Bruckner sagt: „A grad a so,
da fehlt fein nix!“ Doch wird nicht froh

Hans Richter über dieses Wort.
Er schweigt und setzt die Probe fort. –
Wie im Konzert dann Bruckners „Achte“
die Hörer mitriß und entfachte

am Ende Jubel rings im Haus,
verbeugt sich Bruckner, eilt hinaus
und steht dann wartend vor der Tür,
daß er Hans Richter dankt: Dafür

hat er gerichtet ein Tableau.
Wie Richter kommt, da staunt er: Oh,
er ist erfüllt noch von dem schönen,
dem großen Werk! – Doch ihn versöhnen

der warme Blick aus Bruckners Augen,
dies Lächeln, dem kein Wort mag taugen –
sie führen ihn von der Musik
ganz sanft ins Irdische zurück.

Denn Bruckner tut nichts andres auch,
als was daheim ist Landesbrauch –
man tischt groß auf zu hohen Festen:
Er hält Hans Richter hin die besten,

noch warmen Krapfen, braun und fett,
und sagt, hebt höher das Tablett:
„Herr Hofkapellmeister, wir zwoa,
wir essen das jetzt ganz alloa.“

Der Solo-Cellist Joseph Sulzer schreibt in seinen „Erinnerungen eines Wiener Philharmonikers“ (Wien, 1910) von Bruckners mimischen Korrekturanweisungen an das Orchester und zitiert Bruckners Worte zu Hans Richter bei den Proben zur VIII. Symphonie.
Hans Commenda berichtet in seinen „Geschichten um Anton Bruckner“ (Linz, o. J.) über die Uraufführung der VIII. Symphonie und das überraschende Geschenk Bruckners an den Dirigenten Hans Richter.

Johannes Brahms am Klavier
Schattenbild (unbezeichnet)

Herr Kunibald blättert Noten um

Herr Kunibald spielt Streichquartett
im Bösendorfer-Saal. Wie nett,
daß beim Klaviertrio nur drei
beschäftigt sind, so ist er frei.

Ja, er ist frei und ist's auch nicht,
denn da gibt es noch eine Pflicht:
Er sitzt ganz still am Podium
und blättert Brahms die Noten um.

Denn der spielt heute selbst Klavier.
Der Meister dankt am End' dafür
Herrn Kunibald mit zwei Havanna –
für Brahms ein Himmelsbrot wie Manna.

Johannes Brahms, der gerne schmaucht
Zigarren, denkt, daß jeder raucht:
Auch als bei ihm zu Gast heut ist
ein unbekannter Komponist,

der spielt sein neues Werk ihm vor.
Brahms lauscht gespannt und ist ganz Ohr,
ist überrascht von dem Talent.
Er will ihm, als das Spiel zu End',

als seines Lobes schönstes Zeichen
eine Havanna überreichen
und bietet ihm gleich Feuer an.
Doch da wehrt ab der junge Mann,

sagt nein, er will sein ganzes Leben
die Brahms-Zigarre sich aufheben.
Da nimmt dem Jüngling, welch ein Schreck!,
Brahms die Havanna wieder weg

und schenkt ihm, ohne viele Worte,
jetzt ein Zigarrchen mind'rer Sorte.
„Die tut es auch zum Nicht-Gebrauchen",
brummt Brahms, „Havannas muß man rauchen!"

Sigmund Bachrich, Bratschist der Wiener Philharmoniker, erinnert sich in seinem Buch „Aus verklungenen Zeiten (Wien, 1914) an sein Notenumblättern für Johannes Brahms – und Georg Nowottnick schreibt in „Deutsche Künstler in 300 Anekdoten" (Berlin o. J.) von einem jungen Komponisten und der Brahms-Zigarre.

Herr Kunibald spielt mit Rosé

Herr Kunibald spielt mit Rosé
im Streichquartett. Wie eh und je
bedient im Bösendorfer-Saal
Herr Hudetz. Der zählt jedesmal

die Stimmen nach vor dem Konzert.
So kommt's, daß plötzlich man erfährt,
die Noten sind heut nicht komplett!
Es fehlt beim Brahms, beim Streichsextett,

die erste Geige. Noch ist Zeit!
Geht's auch bald los, gleich ist's soweit!,
kommt Brahms doch erst im zweiten Teil.
Man schickt in zwei Geschäfte. Weil

geschlossen, kommt dabei nichts raus.
So sendet man noch einmal aus
die Boten, schickt zu Dilettanten,
ob nicht bei ihnen, bei Bekannten

man könnt' die erste Geige borgen. –
Inzwischen spielt mit vielen Sorgen
am Podium das Streichquartett.
Man streckt das Werk: tut so, als hätt'

das Publikum den Satz verlangt
ein zweites Mal. Und dabei bangt
ein jeder, ob jetzt schon gefunden
die Stimme. So als wären's Stunden,

erscheint der erste Teil heut lang
den vier. Auch Kunibald ist bang,
denn er entzieht sich nicht der Pflicht,
daß in der Pause er jetzt spricht.

So steht er denn am Podium
und fragt, ob nicht im Publikum
sich fände eine Partitur.
Umsonst! Das hat zur Folge nur,

daß schließlich wissen alle Leute,
hier muß etwas nicht stimmen heute.
Da kehrt zurück einer der Boten:
noch atemlos, mit Wangen, roten,

knallt er die Stimme auf den Tisch
des Künstlerzimmers. – Da geht frisch
und fröhlich Hudetz in den Saal,
legt auf die Noten, schwenkt zumal

bedeutungsvoll die erste Geige,
daß er dem Publikum sie zeige.
Noch eh' der Diener umgeschaut,
hat man getuschelt, tratscht ganz laut.

Und wie die Herren Platz genommen
vorm Pult, war Beifall aufgekommen,
eh' sie begonnen. Endlich kam's,
das Streichsextett, B-Dur, von Brahms.

Dr. Otto Böhler: Johannes Brahms

Sigmund Bachrich, Bratschist der Wiener Philharmoniker, erzählt in seinem Buch „Aus verklungenen Zeiten“ (Wien, 1914) von diesem Abend des Rosé-Quartetts im alten Bösendorfer-Saal und der Uraufführung des Streichsextetts, B-Dur, von Johannes Brahms.

Herr Kunibald spielt mit Antonín Dvořák

Wo Dvořák ist, ist Brahms nicht weit,
denn sie sind Freunde. Um die Zeit
erobern Dvořáks Symphonien
die Welt – die Tänze, Rhapsodien ...

Gern lädt Herrn Kunibald auch ein
der „Slawische Gesangverein
in Wien" zu seinem Festkonzert.
Und der kommt doppelt gern, erfährt

er doch, daß Dvořák dirigiert. –
Orchesterstücke, kombiniert
mit Chören, bilden das Programm.
So warten denn, bis dran man kam,

geschart um ihren Dirigenten
die Musiker mit Instrumenten.
Ein Oboist, der nie noch sah
Antonín Dvořák so ganz nah,

fragt leis: „Ist's der? Man glaubt es nicht –
der mit dem Erdäpfel-Gesicht?"
Da tritt für seinen Landsmann ein
ein Tscheche. Ja, der drängelt fein

den Vorlauten an eine Wand,
verdreht nach hinten ihm die Hand.
Der Komponist, der weit weg steht,
fragt jetzt, worum es dort denn geht.

Darauf sagt Kunibald: „Um Sie."
Er stockt, denkt nach. Wie sagt er's, wie?
„Der eine meinte – ganz in Ehren –,
daß Sie wohl kein Adonis wären."

Naiv fragt Dvořák grad heraus:
„Was ist das, ein Adonis?" – Raus
aufs Podium! Die „Drei Legenden"
sind's, die das Fragespiel beenden.

Nach dem Konzert, schon beim Buffet,
steht Kunibald in Dvořáks Näh'.
Da greift fest zu die ganze Gruppe!
Nur Dvořák ißt Kartoffelsuppe.

A. Strnadel: Antonín Dvořák

Theobald Kretschmann, Cellist der Wiener Philharmoniker, erzählt in seinem Buch „Tempi passati" (Wien, 1910) von seiner Begegnung mit Antonín Dvořák.

Herr Kunibald als Kettenraucher

Wie noch regiert der alte Kaiser,
gastiert ein Pianist, ein greiser:
In Wien spielt im Musikverein
der Russe Anton Rubinstein.

Doch der ist auch als Dirigent
berühmt. Und vom Orchester kennt
ihn Kunibald von vielen Proben.
Des Pianisten Spiel zu loben,

geht Kunibald ins Künstlerzimmer
und sieht: der Meister raucht wie immer;
nicht zwei, nicht drei – er raucht in Ketten,
umwölkt vom Qualm der Zigaretten.

Sogleich raucht Kunibald wie er
aus Rubinsteins Tabatiere.
Der Stummel, stets gut ausgedrückt,
wird weggeworfen. Und so schmückt

so mancher Kippe schaler Rest
den Boden. Da, es klopft ganz fest:
Ein Schwarm von Mädchen drängt herein,
umringt laut flötend Rubinstein.

Doch wie die Damen um sich sehn,
der Zigaretten Rest erspähn,
die Küssen gleich am Mund ihm hingen
und seiner Lippen Druck empfingen,

da gibt's ein Bücken, ein Getummel
um jene Zigarettenstummel,
die man als Souvenir begehrt.
Der Meister hat dem nicht gewehrt

und winkt adieu! Doch Kunibald
sagt leis: „Ich wollt' nicht sagen halt,
doch ist ein Teil ja nur von mir."
Drauf Rubinstein: „Ach, lassen wir

den Damen ihre Illusion –
sie ziehn beschwingt, beglückt davon.
Wir alle sind verträumte Schwärmer
und ohne Illusion viel ärmer."

Hans Schließmann: Anton Rubinstein

Der Solo-Cellist Joseph Sulzer schreibt in seinen „Erinnerungen eines Wiener Philharmonikers" (Wien, 1910) von seiner Begegnung mit Anton Rubinstein.

Herr Kunibald schaut zur Bühne

Herr Kunibald schaut von den Noten
zur Bühne; ist das auch verboten,
er tut's! Denn heute singt und spielt
die Sopranistin Marie Wilt.

Von vielen runden, dicken, drallen
ist sie die fülligste von allen.
Man sagt, ihr Schneider nehme Maß
für sie am Heidelberger Faß.

Ob das von Hellmesberger sei?
Ja, der Konzertmeister sagt frei
heraus, was manchen amüsiert.
So hat er heute variiert

Jules Vernes „Die Reise um die Welt ...",
ein Buch, das wohl auch ihm gefällt.
„Die Reise", sagt er mit Behagen,
„um unsere Wilt in achtzig Tagen."

Roland Tenschert erzählt in seinem Buch „Vater Hellmesberger" (Wien, 1947) diese Anekdote.

Herr Kunibald schaut oft hinauf

Herr Kunibald schaut oft hinauf
zur Bühne, wenn die Wilt tritt auf –
wenn unter ihren Schritten schwanken,
so glaubt man fast, die Bodenplanken.

Denn sie ist üppig von Figur.
Den Umfang übersieht man nur,
sobald sie singt – so voll und schön,
daß man vergißt, sie anzusehn.

Heut sitzt auf einem gold'nen Thron
die Marie Wilt. Sie wartet schon
in den Kulissen, daß den Schragen
vier Männer auf die Bühne tragen.

„Ihr Armen", seufzt sie, „müßts mein G'wicht
heut heben!" Das schreckt d i e vier nicht,
die schwere Lasten auf der Bühne
gewohnt sind. Sanft sagt so ein Hüne:

„Gnä' Frau, ein jeder von uns kennt's,
des G'schäft. Wir war'n beim Zirkus Renz!"
Er schaut sie an, sagt: „Ich kann sag'n:
Wir hab'n schon Elefanten trag'n."

Der Solo-Cellist Joseph Sulzer erzählt in seinen „Erinnerungen eines Wiener Philharmonikers" (Wien, 1910) diese Anekdote von der Hofopernsängerin Marie Wilt.

Herr Kunibald schaut hinter die Kulissen

Als Adelina Patti sang
die Violetta – welch Empfang,
welch Beifallssturm in der Hofoper!
Herr Kunibald versucht heut, ob er

die Sängerin in den Kulissen
kann aus der Nähe sehn, will wissen,
wie wird sie sich vorm Auftritt geben!
Sie schlägt ein Kreuz voll Zittern, Beben.

Kapellmeister Arditi gab
ihr Selbstvertraun. Sie schaut hinab
zu ihm und weiß, daß er sie führt:
der Stimme Glanz begeistert, rührt.

Oh, des Maestros Auge funkelt
und blitzt sie an. Schnell wird gemunkelt:
Da war etwas mit einem Kuß!
Arditi? Ist das der? Der muß

doch längst schon sein ein alter Mann,
der viel hat komponiert. – Er kann
nicht Deutsch, versteht auch kaum ein Wort.
Beim Grüßen läßt er Silben fort

in Namen. Also sagte er
zu Hellmesberger „Emesbéer“.
Natürlich Monsieur davor!
Der Geiger kratzt sich hinterm Ohr –

sein Schalk gibt ihm die Antwort ein.
Er schmuggelt noch ein SCH hinein,
begrüßt Arditi kurz und klar:
„Monsieur Arschditi, bon soir."

Dann setzt sich Hellmesberger, geigt
den Kuß-Walzer. Womit er zeigt:
„Il bacio" von Arditi kennt
die Welt. Stumm lauscht der Dirigent.

Der Solo-Cellist Joseph Sulzer schreibt in seinen „Erinnerungen eines Wiener Philharmonikers" (Wien, 1910) von diesem Gruß-Austausch zwischen dem Konzertmeister Joseph Hellmesberger sen. und dem italienischen Maestro Luigi Arditi.

Herr Kunibald spielt mit Hellmesberger

Herr Kunibald spielt Streichquartett
mit Hellmesberger. Ach, wie nett
ist ein Konzert in einer Kleinstadt!
Vom dortigen Kulturverein hat

den Auftrag dessen Sekretär,
der sonst ein Apotheker wär',
er soll die Herren an der Bahn
begrüßen. Dabei sagt der Mann

zu Hellmesberger Herr von Bach,
den zweiten Geiger nennt er, ach,
nur Herr von Schumann. Und wie kam's,
daß zum Bratschisten er sagt Brahms?

Als Kunibald er gab die Hand,
hat er ihn Mendelssohn genannt.
Doch den vier Herren wird schnell klar,
was hier der Grund des Irrtums war:

Es sind die Komponistennamen,
die abends im Konzert vorkamen.
Und dieser Mann der Pharmazie
glaubt, scheint's, im Ernst, das wären sie.

Am Abend kommt viel Publikum.
Man sitzt andächtig, lauscht ganz stumm
und gibt sich still dem Zauber hin –
der Kunst des Streichquartetts aus Wien.

Der Solo-Cellist Joseph Sulzer schreibt in seinen „Erinnerungen eines Wiener Philharmonikers" (Wien, 1910) von jenem Konzert des Hellmesberger-Quartetts und der vorausgehenden Namensverwechslung.

Herr Kunibald gibt Unterricht

Herr Kunibald gibt Unterricht
im Geigespiel. Versäumt auch nicht,
d e n Schülern, die ihn kratzend quälen,
die Handwerkskünste zu empfehlen.

Grad jetzt, wo auf dem Ring man baut
Palais und Häuser – wo man schaut,
stehn junge Bäume. „Gestern, heute –",
sagt Kunibald, „stets sucht man Leute."

Von allen Schülern, die er kennt,
entbehren jegliches Talent
zwei Burschen. Einen fragte er,
ob er nicht gerne Gärtner wär'?

Dem zweiten redet oft er ein,
er sollte Tapezierer sein.
So predigt er – und nicht zum Spaß! –
dem einen dies, dem andern das.

Wie heute so ein Einfaltspinsel
die Ohren martert mit Gewinsel,
ruft Kunibald: „Verschwind und gieß
die Bäume auf dem Ring!" Da stieß

der Bursch beleidigt aus und trotzig:
„Was soll ich gießen?" fragt er protzig.
„Ich bin", sagt er noch sturer, stierer,
„der andere, der Tapezierer."

Hans Schließmann:
Franzl, der talentlose
(Ausschnitt)

Sigmund Bachrich, Bratschist der Wiener Philharmoniker, erinnert sich in seinem Buch „Aus verklungenen Zeiten“ (Wien, 1914) an diese Episode.

Herr Kunibald und das Ballett

Herr Kunibald liebt das Ballett.
Wenn junge Damen höchst adrett
in zartem Tüll vorüberschweben,
bewundert er das Beineheben ...

Der Tänzer Beau stammt aus Paris.
Ballettomanen wissen dies:
daß man Be-au schreibt und spricht Bo –
und sagt's nicht zweimal, sowieso!

Doch munkelt man, weil Beau scharwenzelt
und eine Sängerin umtänzelt,
das Fräulein Widl, ein Sopran,
schafft sich demnächst ein Brautkleid an.

Doch Hellmesberger sagt vorher,
daß diese Eh' ein Unglück wär':
Denn wer bleibt ernst bei einem Liedl,
gesungen von der Frau Po-Widl?

Roland Tenschert erzählt in seinem Buch „Vater Hellmesberger" (Wien, 1947) diese Anekdote. Wobei anzumerken ist, daß in Böhmen und Österreich das Wort Powidl Zwetschkenmarmelade bedeutet.

Dr. Otto Böhler: Gustav Mahler in verschiedenen Posen am Dirigentenpult

Herr Kunibald und das Kartenspiel

Herr Kunibald hat noch nach Jahren
von einem Kartenspiel erfahren:
Spielleidenschaft hin oder her –
erst geht's um Geld, dann um viel mehr …

Direktor Jahn von der Hofoper
liebt das Tarock zu viert. Nicht proper
ist heut sein Zweiter, sein Kumpan.
Denn bald fängt „Meistersinger" an

und Theo Reichmann singt den Sachs.
Doch Jahn bedrängt ihn: „Theo, mach's!"
Der spielt schlecht aus, er ist nervös,
und das macht den Direktor bös.

Ihr Gegner, Exzellenz Krieghammer,
der Kriegsminister, s' ist ein Jammer!,
spielt gut. Er zeigt versteckt dem Schrödter
sein Blatt. Das hilft dem Schwerenöter,

dem Fritz, der heut den David singt.
Er weiß jetzt, daß ihr Coup gelingt,
denn der Minister hat den Gstieß.*)
Doch da dreht Jahn herum den Spieß:

Er plant etwas, brummt: „Excusé"
und geht hinaus, weiß in der Näh'
den Diener. Jahn kommt bald zurück,
will zwingen heut das Kartenglück

und sagt zu diesem edlen Zweck:
„Die ‚Meistersinger' sind heut weg,
wir geben Verdis ‚Troubadour' –
Wir spielen weiter!" Leider nur

hat Jahn trotzdem haushoch verloren.
Bald drauf, wie all das kommt zu Ohren
dem Obersthofmeister, weiß Rat
Fürst Montenuovo, denn er hat

schon längst in Hamburg einen Mann,
der die Misere lösen kann.
Die Intendanz verständigt ihn –
und Gustav Mahler kommt nach Wien.

Leo Slezak erzählt in seinem Buch „Mein Lebensmärchen" (München, 1948) von Direktor Wilhelm Jahn, der einer Tarockpartie zuliebe eine „Meistersinger"-Vorstellung abgeändert hatte. Und Slezak berichtet auch von der Berufung Gustav Mahlers an die Wiener Hofoper.

**) Sküs – wienerisch Gstieß – ist die höchste Karte beim Tarock.*

Herr Kunibald schätzt Gustav Mahler

Herr Kunibald schätzt Gustav Mahler.
Doch ist's nicht leicht mit ihm, zumal er
die Musiker läßt einzeln spielen.
Er sagt, im Tutti unter vielen

kann er nicht hören, welcher Ton
jetzt unrein war, von wem, wovon.
So mancher Streicher spielt sonst gut;
und doch, allein sinkt ihm der Mut,

wenn Mahler prüft: ist's der, ist's der?
Ja, durchs Orchester kreuz und quer
ist gut die Hälfte schon bis jetzt
durch neue Musiker ersetzt.

Und da geschah's an einem Morgen,
daß Kunibald hat Zahnweh-Sorgen.
Zugleich – was er nicht wissen kann –
quält Mahler auch ein Backenzahn.

Sie treffen sich beim gleichen Arzt.
Denkt Kunibald: Wenn du jetzt wart'st,
hörst du, wie's dem da drin wird gehn,
denn Mahlers Angst ist wohl zu sehn.

Er geht hinein mit seiner Frau.
Ja, Mahler stöhnt, weiß nicht genau:
Ist's der, ist's der da, den er spür'?
Herr Kunibald hört durch die Tür:

„Ist's der, ist's der da?“ Diesen Ton,
den kennt er vom Orchester schon.
Da springt er auf, läuft stracks hinaus
und nimmt vorm Zahnreißen Reißaus.

Adolf Billino, Fagottist der Wiener Philharmoniker, erzählte dem Autor vor mehr als einem halben Jahrhundert, daß Gustav Mahler bei Zahnarztbesuchen sich immer von seiner Frau begleiten und beruhigen ließ.

Leo Slezak schildert in seinem Buch „Mein Lebensmärchen“ (München, 1948) seinen Hofoperndirektor: „Gustav Mahler ließ bei Orchesterproben (...) die alten Professoren alleine ihre Stelle zehnmal wiederholen ...“

Hans Böhler: Gustav Mahler

Herr Kunibald und die Fagottkadenz

Als Gustav Mahler einstudierte
ein neues Werk und exerzierte
ein zartes Pianissimo
auf der Fermate – da! Wieso

bläst im gehaltenen Akkord
der Fagottist noch immerfort
ganz laute Töne, schnelle Skalen?
Wem ist der Unsinn eingefallen,

der allen Regeln widerstrebt?
Ja, die Kadenz hat eingeklebt
Herr Kunibald, bevor begann
die Probe. Man fängt plötzlich an

zu lächeln, ja, ganz laut zu lachen.
Doch was wird Gustav Mahler machen?
Die Proben sind sonst nicht so heiter.
Auch Mahler lächelt und geht weiter.

Adolf Billino, Fagottist der Wiener Philharmoniker, erzählte dem Autor vor mehr als einem halben Jahrhundert diese Anekdote aus der Ära Gustav Mahlers.

Herr Kunibald und Gustav Mahler

Herrn Kunibald ist's nicht geglückt,
daß Gustav Mahler wär' entzückt
von ihm: Man gibt ihm zu verstehn,
daß Mahler ihn möcht' nicht mehr sehn

am Cellopult. So spielt er, wenn
grad andre dirigieren. Denn
noch ist der Schlußstrich nicht gezogen.
Bis eines Tags der blaue Bogen,

die Kündigung ins Haus ihm flattert.
Herr Kunibald ist erst verdattert,
dann geht er in die Direktion
sich zu verabschieden. Obschon

er denkt, das wäre nur ein Gang
aus Höflichkeit, fragt Mahler lang,
was er jetzt tun wird. Jederzeit,
sagt Mahler, ist er gern bereit

zu helfen. Er sei für ihn da.
Und Kunibald, der staunte, ja,
der dankt für jedes gute Wort.
So geht er denn getröstet fort.

Lang nachher war es, auf dem Ring,
wie Kunibald spazierenging,
daß Gustav Mahler er getroffen.
Doch der dreht sich mit einer schroffen

Bewegung nach der andern Seite,
grüßt nicht zurück und sucht das Weite.
So muß denn Kunibald verstehn,
daß Mahler ihn möcht' nicht mehr sehn.

Doch hat auch Kunibald erkannt,
daß unter Gustav Mahlers Hand,
der nie sich schont, sich ganz gibt aus,
aufblüht das Wiener Opernhaus.

Theobald Kretschmann, Cellist der Wiener Philharmoniker, schreibt in seinem „Tempi passati II" (Wien, 1913) sehr offen über die Ereignisse vor und nach seiner Pensionierung durch Gustav Mahler.
Und Clemens Hellsberg schreibt in seiner Orchestergeschichte „Demokratie der Könige" (Wien, 1992) über Mahler: „... daß in den zehn Jahren seiner Amtszeit etwa 80 von 120 Orchestermusikern ausgewechselt wurden."
Wobei Hellsberg einschränkend feststellt, daß das Orchester beim Amtsantritt Mahlers extrem überaltert war.

Herr Kunibald und die Mozart-Bilder

Herr Kunibald weiß noch das Jahr:
daß neunzehnhundertsechs es war,
als er in Salzburg spielt' Konzerte.
Am Pult stehn große, altbewährte,

wie Gustav Mahler, Richard Strauss.
Doch wenn so ein Konzert ist aus,
geht man ins Stieglbräu zum Bier.
Ein Extrazimmer wurde hier

als Mozart-Stüberl eingerichtet,
mit Dingen, die ihm angedichtet,
und echten, die er wohl besaß.
Doch weil die Liedertafel das

Gedenken hier hat aufgebaut,
gibt's drei Gemälde: Darauf schaut
uns Mozart an vom ersten Bild.
Und auf dem zweiten lächelt mild

sein Vater. Doch wer ist der dritte?
Nach alter, braver Sängersitte
ehrt man hier Chordirektor Hummel.
Da fragen Fremde in dem Rummel

Herrn Kunibald, wer das wohl sei?
Der schaut erst an das Konterfei,
der Mann ist für ihn gänzlich fremd!
Doch sagt er kühn und ungehemmt:

„Das ist der Onkel." – „Ah, von wem?"
„Von Mozart", sagt er. – Und seitdem forscht man in der Musikgeschichte nach Mozarts Onkel, Tante, Nichte.

W. A. Mozart
Silhouette von Hieronymus Löschenkohl, 1785

Theobald Kretschmann, Cellist der Wiener Philharmoniker, erzählt in seinem Buch „Tempi passati" (Wien, 1910) von den Salzburg-Konzerten, dem Stieglkeller und den drei Mozart-Bildern.

Herr Kunibald wird vorgestellt

Es war vor der Jahrhundertwende.
In Salzburg geht heut grad zu Ende
ein kleiner Zyklus von Konzerten
der Wiener Philharmoniker. Die werten,

die lieben Künstler zu bewirten,
gibt's ein Bankett. Schon schenkt zum vierten,
zum fünften Mal das Glas sich voll
Herr Kunibald. Er ist nicht toll

beschwipst, doch leicht betrunken
Freund Kretschmann an die Brust gesunken.
Der weiß, daß Kunibald wird gern
bekanntgemacht mit großen Herrn,

am liebsten Fürsten oder Grafen.
Herr Kunibald, fest eingeschlafen,
wird sanft von Kretschmann aufgeweckt.
Ja, Kunibald schaut erst verschreckt,

da führt sein Freund ihm lächelnd vor
ein Mitglied aus dem hiesigen Chor,
serviert ihm den als „Herr Baron".
Und Kunibald verbeugt sich schon,

er ist begeistert, ist entzückt,
wird mit zwei Grafen noch beglückt.
Bis endlich dann – schon geht zu Ende
das Fest! – ihm schüttelt jovial die Hände

der Prince of Wales – der wirklich ist
ein Chordirektor, Komponist.
Am nächsten Tag, voll ausgenüchtert,
geht Kunibald etwas verschüchtert

zum Bahnhof, setzt sich erst allein
ganz still in ein Coupé hinein.
Da kommt auch Kretschmann und bringt mit
noch einen Herrn, man ist zu dritt.

Der Chordirektor aus der Batschka,
mit Namen Haschek oder Hatschka,
der gestern Prince of Wales noch war,
fährt auch nach Wien. – Wie sonderbar,

der kommt bekannt vor Kunibald.
Er hört ihn plaudern und denkt: Halt!
Der Prinz spricht deutsch, da stimmt was nicht.
Und Theo Kretschmann, wenn er spricht,

ist mit dem Prince of Wales per du!
Herr Kunibald begreift im Nu
das ganze Spiel. Der Theo büßt
ihm das, weil er ihn nicht mehr grüßt.

Theobald Kretschmann, Cellist der Wiener Philharmoniker, erinnert sich in seinem Buch „Tempi passati“ (Wien, 1910), an diesen Streich, den er seinem Gruppenkollegen Julius Moser spielte.

Herr Kunibald spielt Kontrabass

Herr Kunibald spielt Kontrabaß.
Er spielt darauf manch Gottweißwas
für schweres Virtuosenstück.
Man klatscht und tobt, er strahlt vor Glück.

In Salzburg war's. Doch weil damals
die eine Seite dieses Saals
ganz offen war dem Garten zu
von Mirabell, so kommt im Nu

gelaufen jetzt ein großer Hund.
Herr Kunibald bemerkt das und
will ihn verscheuchen mit dem Bogen.
Der Hund beißt zu, hat fest gezogen.

So ziehen sie jetzt um die Wette:
Herr Kunibald – der Hund, der fette.
Schon klatscht man laut. Mehr als vorher
bei der Kadenz – und die war schwer!

Dazwischen hört man Bravo-Rufe,
als wär' versammelt zum Behufe
des Zweikampfs hier das Publikum.
Das kränkt Herrn Kunibald. Darum,

wie jetzt der Hund zubeißt noch fester,
zieht Kunibald – nicht locker läßt er! –
und hat gesiegt. Man klatscht und äugt
noch mehr. Er hat sich stumm verbeugt.

E. T. A. Hoffmann:
Karikatur eines Baßgeigers

Theobald Kretschmann, Cellist der Wiener Philharmoniker, erzählt in seinem Buch „Tempi passati“ (Wien, 1910), von dem böhmischen Kontrabassisten Matthias Pekárek, der am Mozarteum Professor war, und von diesem Konzerterlebnis.

Aus einem Münchener Bilderbogen

Herr Kunibald beim Narrenabend

Der Wiener Männergesang-Verein
lädt heut zum Narrenabend ein
auch Kunibald. Er geht zumal
sehr gern in den Diana-Saal.

Da stürmt herein ein rabiater
Fiaker; seine Peitsche hat er
hochauf geschwungen, hat geflucht,
daß hier er einen Fahrgast sucht,

der um den Fuhrlohn ihn geprellt.
Der war, der Kutscher hat's erzählt,
schon kostümiert als weißer Koch.
Doch das erschwert die Suche noch,

denn um ihn drängen sich zwölf Köche!
Die rücken ab von ihm: Man röche
den Wein, der aus dem Manne spricht –
und jeder sagt, er war es nicht.

Bis der mit seiner Peitsche zeigt
auf einen, der betreten schweigt:
der Dirigent ist's, als Chormeister
der Höchste, Johann Herbeck heißt er.

Doch plötzlich hat sich demaskiert
der Kutscher, er hat offeriert
die Eintrittskarte, will kein Geld.
Er sagt, er ist aus Lerchenfeld,

ist dort ein Seidenfabrikant
und vielen Sängern hier bekannt.
Noch eh' man das beplaudert hat,
steht auf der Bühne schon parat

mit seiner Geige Johann Strauß.
Der holt mit seinem Bogen aus
zum vollen Chor-Orchesterklang:
zum Walzer „Wein, Weib und Gesang".

Sigmund Bachrich, Bratschist der Wiener Philharmoniker, erzählt in seinem Buch „Aus verklungenen Zeiten" (Wien, 1914) von dem ersten Narrenabend des Wiener Männergesang-Vereins und der Uraufführung des Walzers „Wein, Weib und Gesang" von Johann Strauß.

Hans Schließmann: Johann Strauß

Herr Kunibald auf dem Maskenball

Herrn Kunibald lädt gern man ein,
wie feiert der Musikverein
das erste seiner Maskenfeste:
Denn er bringt prominente Gäste,

bringt philharmonische Kollegen,
die zu dem Spaß er konnt' bewegen.
So ist's auch heut: Wie stramm einziehn
die Herren, angeführt durch ihn,

schwingt Kunibald die Babyflasche.
Daß er die Gäste überrasche,
ist er maskiert als Kinderfrau,
die andern sind die Babys. Schlau

verdeckt ein Hut die Lockenpracht,
das Jäckchen ist Kleinkindertracht;
nach unten zu ist man befrackt.
Herr Kunibald gibt den Auftakt:

Schnell reißt man hoch das Instrument
und spielt ein Stück, das jeder kennt,
bläst den Triumphmarsch aus „Aida“.
Nein, so ein Beifall war noch nie da!

Und dann spielt auf der Johann Strauß!
Da wirbeln Paare durch das Haus
im Hochgefühl des leichten Schwebens
zum Walzer „Freuet euch des Lebens“.

Sigmund Bachrich, Bratschist der Wiener Philharmoniker, erinnert sich in seinem Buch „Aus verklungenen Zeiten“ (Wien, 1914) an den Eröffnungsball in den Sälen des Musikvereins.

Herr Kunibald hört aus Berlin …

Herr Kunibald weiß stets sehr gut,
was sich in andern Städten tut,
weil mancher Freund ihm das berichtet,
ihm nichts verschweigt und nichts erdichtet.

Als Richard Strauss hat dirigiert
einst in Berlin, war engagiert
lang vor ihm schon dort Karl Muck.
Die Musiker hatten genug

von Muck, der streng ist zu den Herrn,
oft nörgelt, tadelt, schimpft auch gern.
Doch Richard Strauss, ein echter Bayer,
ist viel gemütlicher, ist freier.

Und so geschah's, auch das kommt vor,
daß sich die Disziplin verlor –
das spricht sich rum im ganzen Haus.
Wie das bemerkte Richard Strauss,

gibt er sich selber einen Ruck
und sagt: „Ich schick euch Karl Muck."
Worauf man ringsum hörbar schluckte –
nicht einen gab's, der noch aufmuckte.

Roland Tenschert erzählt in seinen „Anekdoten um Richard Strauss" (Wien, 1945) diese Begebenheit.

Hans Schließmann: Richard Strauss

Herr Kunibald in Russland

Als Kunibald in Rußland war,
regiert' dort noch der letzte Zar.
Und im Theater singt ein Baß
in Petersburg, der – ohne Spaß! –

erobern wird die halbe Welt:
Fedor Schaljapin. Längst gefällt
der junge Sänger im Salon
den Damen, wird umworben schon.

Er hat sich heut gut vorbereitet:
ein Hemd mit Spitzen ausgebreitet,
die roten Stiefel schwarz gewichst,
daß sie wie neu aussehn. Verflixt,

die Farbe geht leicht ab! – So singt
er denn. Und strahlt, weil's ihm gelingt,
den schönen Frau'n die Cour zu schneiden
beim Tee. Doch welche von den beiden

stößt immerzu an seinen Fuß?
Er kennt das Spiel und weiß, er muß –
darf hoffen auf ein Stelldichein.
Sollt' es die rechts, die blonde sein?

Er steht kurz auf, schaut und erschrickt,
wie er auf seine Stiefel blickt:
der eine schwarz, der andre rot.
Hat er vergessen? Nein! Ihm bot

sich Klarheit schnell: Das Tischtuch bebt
und durch den Vorhang, der sich hebt,
schiebt sich ein großer Hund hervor.
Der ist beschmiert um Aug und Ohr,

leckt von den Lefzen Stiefelwichse.
Schaljapin starrt stumm auf die Nixe,
die Schöne mit dem Engelsblick,
grüßt kurz und zieht sich rasch zurück.

„Warlaam"

„Iwan der Schreckliche"

Masken-Entwürfe von Fedor Schaljapin

Fedor Schaljapin erzählt in seiner Selbstbiographie „Mein Leben" dieses Jugenderlebnis.

Herr Kunibald und die Kurz-Oper

Die Volkshochschulen sind bekannt
in Wien für Opern konzertant,
wo junge Sänger ausprobieren
die Rollen, die sie grad studieren.

Heut merkt der Pianist entsetzt,
daß der Tenor fehlt! Bis zuletzt
wird der Klavierauszug durchlichtet,
mit vielen Sprüngen eingerichtet.

Es geht auch ohne Cavaradossi!
Denn Scarpia und Tosca, oh, sie –
sind wunderbar! Doch bleibt's ein Torso.
Nachher beim Bier im Café Korso

ist Kunibald auch mit dabei.
Nicht daß er unzufrieden sei!
Er sagt: „Das Ganze war zu kurz.
Statt ‚Tosca' war's ein Opern-Furz."

Was würde wohl Puccini sagen
zu diesem Flop? Er pflegt zu tragen
stets Hut, daß niemand nehme wahr,
wenn ihm zu Berge steht das Haar.

Otto Schieder sen., Fagottist der Wiener Philharmoniker, erzählte dem Autor von der kürzesten „Tosca" seines Lebens in einer Wiener Volkshochschule.

H. Lindloff: Giacomo Puccini

Herr Kunibald zählt genau

Eugen d'Albert, der Komponist
der Oper „Tiefland“, der auch ist
berühmt als großer Tastentiger,
von diesem sagt man, demnächst krieg' er

die fünfte, nein, die sechste Frau.
Herr Kunibald zählt mit genau,
denn sicher werden es noch mehr,
bei einem Meister wie d'Albert.

Oktavensprünge über Tasten,
Akkord-Gedröhn, daß bebt der Kasten,
die Frau'n, der Künstlermähne Strähne –
das alles ist d'Alberts Domäne.

Hans Schließmann: Eugen d'Albert

Intermezzo: Herrn Kunibalds Pausenknüller

Herr Kunibald schreibt Pausenknüller.
So nennt er seine Pausenfüller,
wenn im Orchester er grad frei ist,
bei dem und dem Stück nicht dabei ist.

Schweigt die Musik, sein Lieblingsfach,
sinnt Kunibald so manchem nach:
Wohin er schaut, stets wird er fündig,
schreibt Pausenknüller kurz und bündig.

In Japan hat man jüngst erfunden
nach vielen tausend Laborstunden
den neuen Professoren-Schirm:
Ob du vergißt ihn auf dem Kirm-,

dem Kirmesfest, ob in der Stadt,
er läuft dir nach, bis er dich hat.
Den Genforschern gelang der Fund
erst, als sie kreuzten Schirm und Hund.

Oh, die Matura! Schaudernd nur
denkt Kunibald ans Abitur.
Er weiß, er steht in Deutsch auf schwachen,
sehr schwachen Beinen. Er muß machen

heut etwas sehr Originelles;
er hört das Thema – und weiß schnell es:
„Wenn ich Fabriksdirektor wäre."
Die andern stürzen sich in schwere

Gedankenarbeit, schreiben lang.
Er faßt sich kurz, schreibt ohne Zwang:
„Wenn ich Fabriksdirektor wäre,
dann schreiben für mich Sekretäre."

Herr Kunibald führt seine Frau
heut ins Theater. Im TV
läuft grad ein Film, den möcht' sie sehn.
Doch drängt er sie, mit ihm zu gehn.

Er kauft zwei Karten – Galerie,
hoch am Juchhe. Schon jammert sie:
„Die Bühne ist so fern und klein.
Und das soll ein Vergnügen sein?"

Herr Kunibald bleibt ungerührt.
Er weiß, was ihren Unmut schürt,
und sagt, an ihrem Groll sich labend:
„Jetzt hast du deinen Fern-Seh-Abend."

Herr Kunibald hält streng Diät
für dies und das. Er findet's nett,
daß er auf vieles Rücksicht nimmt,
damit sein Bauch nicht grollt und grimmt.

Wenn andre in den Beiseln prassen,
so schaut er weg, er muß das lassen.
Doch darf er, rein vom Doktor her,
sooft er will, gehn zum Friseur.

Herr Kunibald zahlt viele Spenden!
Er hat nie etwas einzuwenden,
wirft den Erlagschein niemals weg,
zahlt blindlings, schaut nicht auf den Zweck.

Heut fordern Geld, und gar nicht schüchtern!,
ein Bund von Papageienzüchtern,
die Freunde alter Heldensagen.
Herr Kunibald zahlt ohne Fragen

für Menschen, denen es gebricht
am höchsten Gut, dem Augenlicht. –
Doch gibt's auch Blinde, die gut sehen,
mit Argusaugen schaun und spähen.

Weil er nicht aufpaßt, hat bezahlt
der ahnungslose Kunibald
schon drei Erlagscheine, nein, viere,
dem „Bund der blinden Passagiere“.

Herr Kunibald hat Haarprobleme.
Drum sagt sein Arzt zu ihm: „Man nehme
ein Glas voll gutem, altem Wein
und reibt damit die Kopfhaut ein.“

Acht Tage drauf klagt Kunibald:
„Wenn in der Hand das Glas ich halt’,
spür’ ich mein Rheuma, spür’ die Gicht –
komm’ bis zum Mund, doch höher nicht.“

Herr Kunibald hat einen Sohn,
der war im Mai vier Jahre schon.
Er ißt die süßen Kirschen gerne,
doch spuckt er niemals aus die Kerne.

Drum sagt Herr Kunibald: „Gib acht,
was das noch für Beschwerden macht.
Vom Kerneschlucken – merk dir's auch! –
bekommst du einen dicken Bauch."

Er spricht's, sitzt mit dem kleinen Mann
gerade in der Straßenbahn.
Da setzt sich eine junge Frau,
die kriegt ein Baby. „Vati, schau!"

drängt jetzt der Kleine den Papa:
„Sieht du den dicken Bauch?" – „Nun ja –",
sagt Kunibald. „Frag nicht so dumm!
Die Frau – komm jetzt, wir steigen um."

Da geht der Kleine hin zu ihr,
zeigt auf ihr Kleid und sagt: „Das hier,
das kommt, weil du nicht dran gedacht hast.
Du, du! Ich weiß, was du gemacht hast."

Herr Kunibald kommt ins Konzert
zu spät. Er fragt, daß er erfährt,
was das Orchester grade spiele,
den Billetteur. Der putzt die Brille,

sagt: „Brahms, die dritte Symphonie."
Drauf Kunibald: „Ich hab' noch nie
so gut geschlafen und geträumt –
und gern die ersten zwei versäumt."

Der Billetteur, der leise lachte,
meint: „Morgen gibt's Beethovens Achte.
Gilt Ihre Rechnung – unbenommen! –,
dann dürfen Sie nach Schluß erst kommen."

Herr Kunibald hat heut geträumt,
er sitzt am Podium, versäumt
den Einsatz, fürchtet, daß er fehlt.
Er zählt elf Pausen, zählt und zählt ...

Da weckt ihn unsanft seine Frau,
sie stupst ihn an und sagt: „Genau
neun Uhr. Steh auf und geh ins Bad."
Bei „neun, zwei, drei" betritt er's grad,

hat schnell sein Nachthemd abgestreift,
bei „zehn, zwei, drei" sich eingeseift,
bei „elf, zwei, drei" – jetzt kommt es! Ach,
er duscht sich kalt und ist ganz wach.

Als Präsident beliebt, bekannt
ist Rudolf Kirchschläger. Charmant
sagt er: „Wenn ich es recht bedenk',
ist tiefe Stimme ein Geschenk.“

Herr Kunibald nimmt Unterricht
bei einem Sänger. Der verspricht
aus ihm zu machen – koste was
es wolle! – einen dunklen Baß.

Er spricht jetzt tiefer, das ist klar.
Wenn Kunibald auch stolz drauf war,
daß man die Stimme kaum mehr kennt,
er wird nicht Bundespräsident.

Der „Eskapaden“ zweiter Teil

Herr Kunibald und Toscaninis „Meistersinger“

Wie Kunibald im Rundfunk hört
heut Lotte Lehmann, da beschwört
die Stimme mit dem Klang, dem satten,
vergang’ne Zeiten. Und wie Schatten,

die traumhaft kommen und vergehn,
sieht Kunibald am Pult vorn stehn
jetzt Toscanini, der probiert
die „Meistersinger“. Dabei wird

in Salzburg jeder Tag zum Fest! –
Doch weil man Lotte Lehmann läßt
heut plaudern, sagt sie, damals war
am Abend Toscanini gar

nicht glücklich. In der Pause fragt
sie ihn, warum. Er zögert, sagt
kopfschüttelnd nur, doch ganz konkret:
„Das Feuer fehlt!“, grüßt kaum und geht.

Der Autor hat Toscaninis „Meistersinger“ in Salzburg 1937 als Zuhörer miterlebt und hörte Jahre später im ORF Lotte Lehmann über ihr Gespräch mit Arturo Toscanini berichten.

Winnie Jakob: Arturo Toscanini

Herr Kunibald spielt Streichquartett

Herr Kunibald spielt Streichquartett.
Ach, wenn man dieses Werk doch hätt'
zur Aufführung nicht angenommen!
Es klingt verzwickt, vertrackt, verschwommen.

Als Zuhörer fragt Richard Strauss
nachher die Quartettisten aus,
was das für Stil, für Richtung sei.
Man rätselt: Dadaismus. – „Ei",

sagt Strauss, der große Komponist,
der witzig und stets geistreich ist:
„Das Werk versteht man sowieso
erst beim Da-da Ca-ca Po-po."

Rudolf Mayr, Cellist der Wiener Philharmoniker, erzählte dem Autor vor mehr als einem halben Jahrhundert dieses Bonmot von Richard Strauss, der darin das Wort „da capo" persifliert, das auch als „Da-capo-Ruf" im Musikleben bekannt ist.

Herr Kunibald in Salzburg 1944

Herr Kunibald erzählt. Er ziert sich
beim Thema Salzburg vierundvierzig
nicht lang, sagt dem, der's hören mag:
Für Richard Strauss zum Ehrentag,

dem achtzigsten, gab man „Die Liebe
der Danae". – Wenn davon bliebe
ihm eins, dann das: Wie Clemens Krauss
in einer Probe Richard Strauss

befragt zu einer Geigenstelle –
viel Noten sind es, furchtbar schnelle.
„Soll das ein F sein oder Fis?"
fragt Krauss. Da schaut sich Strauss erst dies

genau an in der Partitur.
Krauss wartet, denn er will ja nur
ansagen, was die Geiger sollen.
Doch Richard Strauss sagt: „Wie Sie wollen!"

Der Autor saß in jener „Liebe der Danae" an einem Fagottpult und erinnert sich an die Frage des Dirigenten und die Antwort des Komponisten.

Herr Kunibald in Buenos Aires

Herr Kunibald war einst vor Jahren
nach Südamerika gefahren,
Buenos Aires war das Ziel.
Er spielt Konzerte, schaut auch viel

sich um: die Sprache, fremd dem Ohr,
kommt Kunibald sehr spanisch vor.
Er kann kein Wort, kennt kaum das Geld.
Doch kauft er gern in aller Welt

ein Souvenir. Weil in dem Land
Herr Kunibald rein nichts verstand,
glaubt er, wenn sie hinein hier gehn
zu viert, man wird das nicht verstehn,

wenn statt „Grüß Gott" sie sagen grad
zum Spaß ganz laut das Götz-Zitat.
Der Kaufmann lacht, hält sich den Bauch
und sagt auf deutsch: „Und ihr mich auch!"

Rudolf Mayr, Cellist der Wiener Philharmoniker, hatte an der Südamerika-Reise des Orchesters unter Richard Strauss im Jahre 1923 teilgenommen und erzählte dem Autor von jenem Streich, den sich eine Blechbläsergruppe in Buenos Aires erlaubt hatte.

Herr Kunibald und der Kellner

Herr Kunibald hat längst vergessen,
war es in Düsseldorf, war's Essen,
wo ihm ein Kellner hat erklärt,
er ginge heut gern ins Konzert.

Natürlich durch das Hintertürchen.
Und das klappt meistens wie am Schnürchen,
wenn einen Musiker man findet,
der sich der Mühe unterwindet

und dabei hilft. Gesagt, getan.
So freut sich denn der brave Mann,
daß ihm geglückt der Plan, der kühne.
Dicht hinterm Vorhang auf der Bühne

sitzt er und lauscht der Symphonie.
Bestaunt das schwere Blech, und wie!
Er sagt nachher zu Kunibald:
„Mensch, det hat richtig losjeknallt!

Det kommt davon: Ihr seid viel mehr!
Es kam schon mal von Wien daher
so 'ne Kapelle – det war nett! –,
das Hazy-Osterwald-Sextett."

Der Autor erinnert sich an eine Rheinlandreise der Wiener Philharmoniker und an den nach der Mengenlehre urteilenden musikbegeisterten Kellner.

Herr Kunibald im Sofiensaal

Man spielte im Sofiensaal,
als Furtwängler zum letzten Mal
vor dem Orchester stand. Noch dachte
man nicht an Abschied. – Er entfachte

des „Feuerzaubers“ Flammenmeer:
Orchesterfluten wogen her
und hin. Des Dirigenten Hände,
sie zucken, lodern bis zum Ende.

Doch dann steht Furtwängler noch lang
stumm da. Er lauscht wohl nach dem Klang,
sagt traumverloren zu den Geigen:
„Ein schönes Stück.“ Dem folgt ein Schweigen,

ein Gruß, und er geht fort für immer.
Nicht einer ahnt es. – Doch ein Schimmer
von seinem Wesen bleibt zurück,
sein letztes Wort: „Ein schönes Stück.“

Der Autor hat jene Schallplattenaufnahme des „Feuerzaubers“ aus Wagners „Walküre“ unter Wilhelm Furtwängler miterlebt und erinnert sich an die Worte des Dirigenten.

Ludwig Michalek: Wilhelm Furtwängler
Skizze (Kohlezeichnung)

Herr Kunibald ist Reiseleiter

Herr Kunibald ist Reiseleiter.
Ihm hilft dabei als Zugsbegleiter
ein Mann von „Cook“, ein Pensionist,
ein alter Reisespezialist.

Schlußendlich ist es nicht mehr weit:
Von Brüssel und Paris geht's heut
nach Nürnberg noch für ein Konzert,
von wo man morgen heimzu fährt.

Spätabends ist noch ein Empfang –
man ißt und trinkt und feiert lang.
Auch Käptn Cook ist mit dabei!
Denn Käptn nennen ihn erst zwei,

dann alle Musiker im Spaß.
Er ist gut aufgelegt, lobt das
Buffet, das reiche. Käptn Cook
füllt Glas auf Glas, trinkt Schluck für Schluck.

Wie Kunibald am nächsten Morgen
am Bahnhof eintrifft, macht ihm Sorgen:
Ihn soll hier Käptn Cook erwarten,
denn der hat alles, auch die Karten!

Doch der ist nirgendwo zu sehn.
Schon eilen die Kollegen, gehn
zum Zug. Wenn drinnen wird verstaut
der Koffer – draußen steht und schaut

Herr Kunibald und ringt die Hände,
läuft noch einmal durchs Bahngelände
und sieht: dort am Laternenpfahl
lehnt Käptn Cook. Er ist total

betrunken, doch sonst unbeschädigt.
„Ich habe alles schon erledigt!"
hat er geflüstert, nein, gelallt.
's ist höchste Zeit, denkt Kunibald.

Er greift fest zu, muß tief sich bücken,
lädt Käptn Cook sich auf den Rücken
und läuft so eilends nach dem Zug.
Der fährt schon, läßt kaum Zeit genug

Herrn Kunibald, der aufgesprungen
aufs letzte Trittbrett. Ein paar jungen
Kollegen ruft er zu: „Packt an!"
So schleppen sie den schweren Mann

in ein Abteil, durchsuchen ihn:
Hier sind die Fahrkarten nach Wien!
So war der letzte Reisetag
ein Wirbel – nein, ein Paukenschlag!

Fritz Leitermeyer, Primgeiger der Wiener Philharmoniker und oftmals Reiseleiter auf philharmonischen Tourneen, erinnert sich an die Unterstützung durch einen pensionierten Fachmann des Reisebüros Cook.

Herr Kunibald in Paris

Herr Kunibald wohnt in Paris
im Gare-du-Nord-Hotel. Doch dies
ist nicht ein Haus wie andre auch:
es ist ein schmaler, langer Schlauch.

Wer an des Ganges Anfang steht
und will erkennen, wer dort geht
am andern End' – wie fern ist das! –,
der braucht dazu ein Opernglas.

Nach dem Konzert, wie längst schon schlafen
all die Kollegen, diese braven,
ist Kunibald noch immer wach.
Damit er sich Bewegung mach',

geht auf und ab er auf dem Gang
im Schlafrock, zehn Minuten lang.
Da, seine Tür ist zugefallen!
Doch welche war es von den allen

ganz gleichen? – Oh, er hat die Nummer
vergessen! – Das erhöht den Kummer.
Nur einen gibt's, der Rat jetzt wüßte:
der Reiseleiter mit der Liste.

Der schläft in einem dieser Zimmer.
Für Kunibald ein Hoffnungsschimmer!
Er wiederholt in einer Leier:
„Herr Leitermeyer – Leitermeyer!"

So geht er, ruft in einem fort
nach Leitermeyer, hier wie dort:
geht zweimal ab den Gang, den langen.
Ja, „Leitermeyer“ sagt mit Bangen,

verzagt, verzweifelt Kunibald.
Da hört er, und er macht schnell halt,
ein leises „Ja“ durch eine Tür.
Er geht drauf zu. War's dort, war's hier?

Herr Kunibald fleht: „Leitermeyer!“
Denn er glaubt fest, da drinnen sei er.
Da hört er rechts und links ein „Ja“
und dann ein forsches „Ruhe da!“.

Er stöhnt – ja, das sind die Kollegen,
die rächen sich, der Störung wegen.
Doch Kunibald hat Glück. Am Ende
des langen Ganges naht die Wende:

Dort kommt ein Mann – der Reiseleiter!
Der zückt die Liste und hilft weiter
Herrn Kunibald. Der dankt honett,
macht auf die Tür und fällt ins Bett.

Fritz Leitermeyer, Primgeiger der Wiener Philharmoniker und oftmals Reiseleiter auf Konzerttourneen, erinnert sich an das Hotel Gare du Nord in Paris und den nächtens herumirrenden Primgeiger Hermann Obermeyer.

Herr Kunibald sitzt beim Bier

Herr Kunibald sitzt heut beim Bier
nach einem „Rosenkavalier“.
Man kritisiert, schwärmt ungeheuer
vom Baron Ochs des Richard Mayr.

Doch halt! Der setzt sich an den Tisch
und plaudert. Mayr redet frisch
und frei grad von der Leber weg.
Und das macht auch die andern keck.

Denn es gibt einen in dem Haus,
der prachtvoll singt und schlecht sieht aus:
Franz Völker ist es, der Tenor.
Herr Kunibald sagt, ihm kommt vor,

will man der Stimme Schmelz genießen,
muß man dabei die Augen schließen.
Der Meinungsstreit wogt hin und her,
bis Richard Mayr meint: „Ja, der!“

Ganz ohne Ränke und Rankünе
sagt Mayr: „Der paßt auf die Bühne
grad wie“ – er sagt es ohne Pose! –
„ein Quargel in die Puderdose.“

Otto Schieder sen., Fagottist der Wiener Philharmoniker, erzählte dem Autor vor mehr als einem halben Jahrhundert von diesem Stammtischgespräch und zitierte dabei wörtlich den Ausspruch von Richard Mayr.

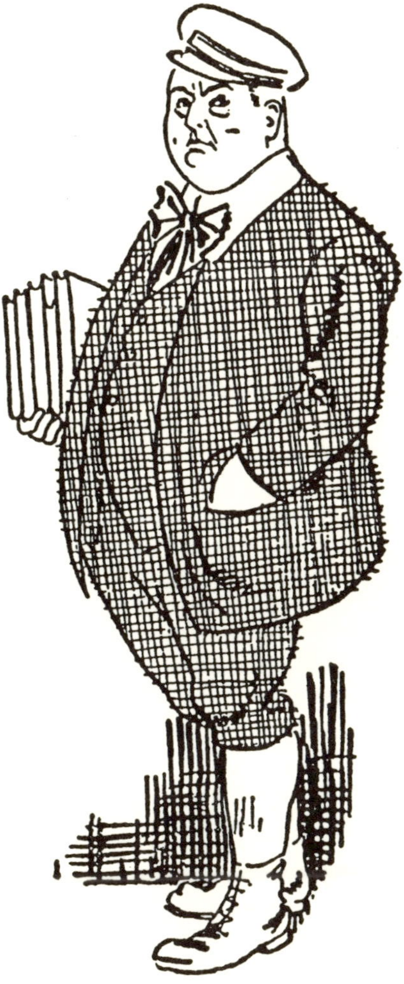

Richard Mayr
Karikatur (unbezeichnet)

Herr Kunibald übt „Rosenkavalier“

Herr Kunibald übt Klarinette.
Wenn er doch nur gespielt schon hätte
den „Rosenkavalier“! Doch nein,
er kennt ihn nicht. Er sitzt allein

und übt um neun Uhr im Orchester.
Der Dirigent, ein guter, bester,
trifft auch schon ein so lang vor zehn,
probiert, wie er vorm Pult wird stehn,

fragt Kunibald, ob gut ihn seh' er.
Der nickt. Und Erich Kleiber, eher
von kleiner, kräftiger Statur,
macht sich noch kleiner eine Spur

und fragt: „Wenn so die Hand ich halt',
so tief?“ – Auch das sieht Kunibald.
„Genug!“ sagt Kleiber, „so, das langt.“
Ein Blick hat Kunibald gedankt.

Ja, Kleiber streckt und räkelt sich,
schaut spöttisch drein: „Ich kenne mich“,
sagt er. „Ich bin wohl prominent
und doch kein großer Dirigent.“

Karl Österreicher, erst Klarinettist, dann Dirigent und Dirigentenlehrer, erinnert sich an diese Begegnung mit Erich Kleiber.

B. F. Dolbin: Erich Kleiber

Herr Kunibald ist kein Minister

Herr Kunibald ist kein Minister.
Das heißt, er kann nicht sagen, ist der
Direktor dann im großen Haus
der Erich Kleiber, Clemens Krauss –

So rät man denn bald her, bald hin.
Noch im Theater an der Wien
war Erich Kleiber einmal hier
für einen „Rosenkavalier“.

Er sagte, eh’ er fuhr davon,
zur Wiener Operndirektion:
„Wenn ich komm’, müssen vier hier weg.“
Das macht ihn zum Beamtenschreck.

Doch wie man Clemens Krauss befragt,
ihn aushorcht, was e r dazu sagt,
meint Krauss: „Wenn ich sollt’ unterschreiben.
dann können höchstens vier hier bleiben.“

Was kommt heraus bei dem Gerangel?
Man hört so zwischen Tür und Angel,
es hat – weil oft der Dritte lacht –
das Rennen Karl Böhm gemacht.

Der Autor erinnert sich an die in der Staatsoper im Theater an der Wien weitergegebenen Aussprüche der Dirigenten und an das Opernfest 1955 unter Karl Böhm.

Winnie Jakob: Clemens Krauss

Herr Kunibald spielt „Macbeth" von Verdi

Herr Kunibald spielt heut die Oper
„Macbeth" mit Karl Böhm. Und ob der
geboren auch in Graz – voll da,
voll Schwung und Italianitá

steht Böhm am Pult: vereint Brisanz
des Schlags mit Verve und Eleganz.
So hat denn Böhm studiert, probiert
und mit den Sängern auch parliert

auf italienisch. Ein Tenor
hat ein paar Sätze, tritt jetzt vor –
er ist zu langsam, schleppt beim Singen.
Böhm kann das zur Verzweiflung bringen.

Er ruft: „Avanti! Con fuoco!
Il tempo poco presto, poco."
Nicht besser geht's beim zweiten Mal.
Böhm schweigt und macht die Lippen schmal.

Da ruft ein Mann vorn an der Rampe:
„Herr Doktor!" – An der Taschenlampe
erkennt man den Inspizienten.
Der sagt jetzt laut zum Dirigenten:

„Der Herr springt ein. Er ist aus Graz
und kann nur Deutsch." Und plötzlich hat's
geklappt. Böhms Miene wird jetzt heller,
er lacht: „Dann steirisch – bitte schneller!"

Winnie Jakob: Karl Böhm

Der Autor erlebte diese Anekdote in einer Staatsopernprobe zu Verdis „Macbeth“ unter Dr. Karl Böhm.

Herr Kunibald sitzt vorm Pult ...

Herr Kunibald sitzt längst vorm Pult.
Doch Karl Böhm – voll Ungeduld
geht im Parkett er ab und auf
und ruft zur Bühne jetzt hinauf:

„Herr Kunz schon da? Es ist gleich zehn."
Der Inspizient sagt: „Nicht zu sehn."
Doch der merkt nicht, kann's auch nicht wissen,
daß Erich Kunz in den Kulissen

noch eifrig mit Boskovsky plaudert.
Der muß gleich ins Orchester – zaudert,
weil Kunz zu ihm sagt: „Tauschen wir!
Gib mir die Geige, sing statt mir."

Noch wartet Böhm. Laut ruft er dann:
„Wir fangen ohne Kunz jetzt an!"
Er nimmt stumm Platz auf seinem Sitz,
ein wenig grantig, wenig spitz.

Böhm wippt am Stuhl, das tut er gern,
sagt: „Guten Morgen, meine Herrn!"
Er gibt, der Bühne zugewandt,
jetzt dem Konzertmeister die Hand –

und fährt zurück: „Da sind Sie ja!"
Kunz streicht gekonnt das leere A,
daß Böhm er seine Künste zeige.
Der raunzt: „Hör'n S' auf, leg'n S' weg die Geige."

Winnie Jakob: Erich Kunz als Zettel in B. Brittens „Sommernachtstraum“

Getreu seinem Motto „Ihr seids alle meine Kinder“ hat Dr. Karl Böhm dem Publikumsliebling Erich Kunz auch diesen Streich verziehn.

Herr Kunibald hört hin ...

Herr Kunibald hört heimlich hin,
was Karl Böhm heut sagt zur WIN,
der Zeichnerin. Die schaut gebannt
auf Blatt und Stift, läßt ruh'n die Hand.

„Na, hab'n S' mich wieder recht verschandelt?"
fragt Böhm. „Von wegen angebandelt:
Seit Sie mich zeichnen – zeig'n S' nur her!
krieg' ich kein' Heiratsantrag mehr."

Winnie Jakob-WIN, Schöpferin vieler Künstlerzeichnungen, erzählte dem Autor von diesem Gespräch mit Dr. Karl Böhm.

Herr Kunibald hört in den Proben …

Man weiß, daß Karlheinz, der Sohn
von Karl Böhm, berühmt war schon,
wie er der Sissy-Kaiser war
im Film. Als nächstes spielt er gar

den Beethoven, den Ludwig van.
Wohl grad um die Zeit war es dann,
daß Kunibald hört in den Proben,
wie Doktor Böhm, den Sohn zu loben,

erzählt: „Der lebt in seiner Rolle
als Beethoven, das ist das tolle,
den ganzen Tag. Nichts ist ihm recht.
Ich glaub' beinah, der hört schon schlecht."

Der Autor war in einer philharmonischen Probe Zeuge dieser Äußerung von Dr. Karl Böhm.

Herr Kunibald trifft …

Trifft Kunibald die Leonie,
pardon, Frau Rysanek, sagt sie:
„Grad hab' ich g'habt am Telefon
den Karl Böhm. Der ist ja schon

zurück von seiner Japanreise.
Ich gratulier' ihm, zum Beweise,
daß ich hab' g'lesen von dem Trubel,
der um ihn war, Erfolg und Jubel.

‚Was heißt Erfolg?' sagt Böhm voll Zorn.
‚Ich hör', die Bayern hab'n verlor'n!' –
Böhm raunzt nach langem Hin und Her:
‚Ist denn das Fußballspiel'n so schwer?'"

Leonie Rysanek erzählt oft und gerne von ihrer und Karl Böhms Fußballbegeisterung.

„Hat es nach Blut geschmeckt, nein,
doch es schmeckte vielleicht nach Liebe …“

Al Hirschfeld: Leonie Rysanek
als Salome, New York, 1972

Herr Kunibald übt im Festspielhaus

Wie man geplant das Festspielhaus
in Salzburg, ging man davon aus,
man muß gut hören, muß gut sehn
zur Bühne. – Mehr noch war geschehn:

Man baute Lüftungsschächte ein –
schuf ein Problem, das gar nicht klein.
Denn wer in eine Röhre ruft,
erzeugt Schallwellen in der Luft.

Wenn früher das bedacht man hätte!
Denn Kunibald geht mit Trompete
ins Festspielhaus, zum Üben bloß.
Er spielt im Keller ahnungslos

sein Solo aus dem „Don Pasquale“.
Hoch über ihm im großen Saale
ist im Konzert grad Zwischenpause
vorm zweiten Satz. Da hört im Hause

man irgendwo – und gar nicht leise! –
Trompeteblasen. Klug und weise
gibt Karl Böhm jetzt einen Wink:
Vom letzten Geigenpult läuft flink

ein Mann durchs Haus, treppab, treppauf,
reißt überall die Türen auf
und findet niemand, hat kein Glück.
Noch atemlos kommt er zurück

und deutet, er konnt' nichts erreichen.
Böhm mißversteht das stumme Zeichen
und gibt den Auftakt zum Andante.
Man spielt – und hört das längst bekannte

Trompetensolo aus „Pasquale".
Doch war's mit Glück zum letzten Male,
auf daß die ganze Matinee
jetzt ungestört zu Ende geh'.

Nachher wird Kunibald befragt,
warum er aufgehört. Er sagt,
er hätt' beim Blasen drauf vergessen,
daß Zeit schon war fürs Mittagessen.

Adolf Holler, Solotrompeter der Wiener Philharmoniker, erinnert sich an seine unbeabsichtigte Mitwirkung bei einem Festspielkonzert unter Dr. Karl Böhm. Wenig später wurden die Lüftungsschächte akustisch isoliert.

Herr Kunibald beim Notar

In Wien starb eine alte Dame.
Miss Nina Maxwell, so ihr Name,
vermachte all ihr Hab und Gut
den Philharmonikern. – Ihr Blut,

ihr Herz schlug einst für Bruno Walter
und Gustav Mahler. Für den Fall der
Annahme steht ein Satz am End',
und der verlangt im Testament,

daß Gustav Mahler jedes Jahr
mit einem Werk zu spielen war
in den Konzerten. Obendrein
sollt' dies auch ein Gedenken sein

an Bruno Walter. – Die Idee
heißt im Orchesterkomitee
kurz „Walter-Mahler", ja so nennt
man das Konzert. Und weil im Trend

das liegt der Zeit, so nimmt man an.
Von Kunibald erwartet man,
daß er den Nachlaß ordnen wird.
Noch sitzen beim Notar zu viert

der Vorstand und, wie stets dabei,
Geschäftsführer, Kassier. Die drei
und Kunibald, sie sind Experten
und sprechen deshalb von Konzerten,

die „Walter-Mahler“ sind geweiht.
Doch der Notar ist nicht gefeit
vor Irrtümern in Sachen Kunst,
hüllt sich in Zigarettendunst.

Wie die Besprechung geht zu Ende,
schaut der Notar auf seine Hände
und fragt, als litt’ drum manche Qual er:
„Und wer ist dieser Walter Mahler?“

Otto Nessizius, Sekundgeiger und jahrelanges Mitglied des Verwaltungsausschusses der Wiener Philharmoniker, auch Komitee genannt, erinnert sich an alle Details um die Verlassenschaft nach Miss Nina Maxwell.

Herr Kunibald hat erfahren …

Herr Kunibald hat jüngst erfahren,
wie's damals war vor hundert Jahren
in Ischl: In der Sommerzeit
wohnt hier der Kaiser. Und nicht weit

von ihm in einer Villa kam's
zum Treffen zwischen Strauß und Brahms,
und auch mit Baron Mittag – Rat
am Kaiserhof und Diplomat.

Der klimpert am Klavier. Nun ja,
er spielt den Dreiklang D – Fis – A.
„Geh wart", sagt da der Johann Strauß,
„Da könnt' man noch was machen draus."

Auf einem Faschingsball in Wien
staunt Baron Mittag, hört gut hin,
wie D – Fis – A in Horn und Geigen
eröffnen einen Walzerreigen.

Drum fragt die Freunde der Baron:
„Kennt ihr den Donauwalzer schon?
Dem Strauß hab' ich – das ist das Schöne! –
ins Ohr gespielt die ersten Töne."

In der mündlichen Überlieferung der Wiener Familie Dr. Herbert Mittag-Lenkheym wird erzählt, daß der Großvater Dr. Wilhelm Mittag-Lenkheym seinem Freund Johann Strauß einmal auf dem Klavier eine Dreiklangszerlegung vorklimperte…

Erster Walzer
aus „An der schönen blauen Donau“
op. 314 (1867).

Der Donauwalzer wurde am 15. Februar 1867 im Wiener Diana-Saal uraufgeführt. Die Niederschrift des ersten Walzers dieser Walzerfolge stammt vermutlich aus dem Jahre 1866. Sie trägt die Überschrift „An der schönen blauen Donau“ und die Datierung: Ischl 25. Juli Johann Strauß.

Herr Kunibald war mit dabei …

Herr Kunibald war mit dabei
auf jener Reise. Einerlei,
im Rheinland war's, das dritte, vierte
Konzert, das Böhm hier dirigierte …

Der Schlußakkord war längst verklungen.
Doch langer Beifall hat erzwungen
die Zugabe. Was wird es sein?
Der Dirigent schaut schelmisch drein:

„Und jetzt", sagt Böhm zum Publikum,
„kommt unsre Hymne!", dreht sich um,
merkt nicht, was hinter ihm geschah.
Doch Kunibald sieht dort und da

die Leute aufstehn – nicht für lang:
Am Tremolo, am ersten Klang
kennt man – und setzt sich wieder hin –
den Donauwalzer. – Gruß aus Wien.

Der Autor erinnert sich an jenes Konzert auf einer Deutschland-Reise der Wiener Philharmoniker unter Dr. Karl Böhm.

Herrn Kunibalds Dienstplan

Bis ein Uhr Probe und dann Platten
am Nachmittag. Am Abend hatten
sie noch den „Rosenkavalier“.
Stöhnt Kunibald: „So leben wir!“

Das hört auch Herr von Karajan,
schaut sich den vollen Dienstplan an,
fragt, ohne lang sich zu gerieren:
„Und wann gehn Sie im Wald spazieren?“

Man schweigt, auch Kunibald bleibt stumm.
Denn lang schon spricht es sich herum,
daß manchmal Karajan man treff’
beim Waldlauf. Weil in Wien er Chef,

hat er ein Haus im Wienerwald.
Wo, sagt ein Vers von Kunibald:
„Ob ich mich ganz zum Bauer mach’?
Ich kauf ein Gut in Mauerbach.“

Die wörtlich zitierte Frage Herbert von Karajans nach dem täglichen Waldspaziergang war für die Kollegen schwer zu beantworten – und für den Autor der Anlaß zu dem obigen Schüttelreim.

Herr Kunibald bläst Trompete in „Carmen“

Wenn Kunibald Trompete bläst
in „Carmen“, schenkt er sich den Rest,
das Ende. Er geht schon nach Haus,
bevor die Oper ist ganz aus.

Hat Escamillo stolz besiegt
den Stier, daß sich die Klinge biegt,
dann tönen schmetternde Fanfaren
aus der Arena. Drum kann sparen

Bizet beim Blechklang im Orchester.
Das war ein Komponist, ein bester:
Schreibt den Trompeten Pausen hin
bis ganz zum Schluß! Welch Zeitgewinn!

Es war in Salzburg bei den Proben.
Kaum hört man die Fanfaren droben,
da schleicht zur Türe Kunibald.
Doch Karajan ruft plötzlich: „Halt!

Sie haben wohl noch nie gesehn
das Ende?“ Kunibald bleibt stehn
und sagt: „Ich kenn’ das ganze Stück.“
Doch damit hat er wenig Glück,

denn Karajan bezweifelt das,
sagt halb im Ernst und halb im Spaß:
„Ich hab’ Sie nie gesehen hier.
Sie sitzen immer schon beim Bier.“

Adolf Holler, Solo-Trompeter der Wiener Philharmoniker, erinnert sich an die Salzburger „Carmen"-Proben und an sein Gespräch mit Herbert von Karajan.

Herr Kunibald bei Schallplattenaufnahmen

Man spricht in einer Plattensitzung
von Autos mit Benzineinspritzung,
von Obermeyers Motorrad.
Zu ihm sagt Karajan heut grad:

„Wenn wir zwei vor der Oper starten –“,
er macht gern Pausen und läßt warten
die Zuhörer ein, zwei Sekunden:
„– und wir am Ring die Stadt umrunden –

Sie fahren rechts zum Parlament,
ich links zum Stadtpark – jeder kennt
die Tour genau: Was glauben Sie,
wo wir uns treffen?“ Um das Wie

und Wann wird heftig debattiert.
Doch leider, aus dem Rennen wird
wohl nichts: Musik wird aufgenommen,
man ist vom Thema abgekommen.

Nur Kunibald sagt zum Kollegen
halblaut, um niemand aufzuregen:
„Sie treffen sich, wenn's gut geht aus,
im Böhler-Unfallkrankenhaus.“

Der Autor war in einer Schallplattensitzung Zeuge jener Wettfahrt-Aufforderung Herbert von Karajans an den begeisterten Motorradfahrer und Primgeiger der Wiener Philharmoniker Hermann Obermeyer.

Winnie Jakob: Herbert von Karajan

Herr Kunibald erlebt …

Auch das erlebt Herr Kunibald:
die Opern in der Urgestalt
des Textes. Es war Karajan,
der hier in Wien damit begann:

Er ordnet an, läßt Sänger bringen
aus Mailand, die bei uns jetzt singen
den ganzen Verdi und Puccini
auf italienisch – alle „-ini“

und „-etti“. Groß war die Gefahr,
wenn jemand ausfiel. Und das war
der Fall heut beim „Otello“. Heiß
läuft jetzt das Telefon. Man weiß

in keiner andern Stadt Ersatz:
Aus München kommt der Gast. Er hat’s
nicht leicht, denn er singt deutsch den Mohren,
und das beleidigt manche Ohren.

Es war vorm dritten Akt: Schon ging
der Dirigent zum Pult, noch hing
der Taktstock oben für Sekunden.
Den Augenblick hat seit zwei Stunden

erwartet auf der Galerie
ein Mann: er beugt sich vor – und wie!
Herr Kunibald kann gut ihn sehn.
Was wird er tun? Was wird geschehn?

Noch eh' der erste Taktstreich fiel,
geht's zu hier wie beim Fußballspiel:
Der Mann – von dort muß er's wohl haben! –
ruft: „Auswechseln den Winselknaben!"

Der Autor erinnert sich an eine zweisprachige „Otello"-Aufführung und an den wörtlich zitierten Zuruf eines Galeriebesuchers.

HERR KUNIBALD SCHREIBT AUF ...

Herr Kunibald, den Stift parat,
schreibt auf, was Karajan heut grad
erzählt von einem Wiener Haus,
wo unterm Giebel ragt heraus

ein Seilaufzug, ein alter Kran,
mit dem Großvater Karajan
hat aufziehn lassen ein Klavier.
Das spießte sich wohl dort und hier

im Flur und auf der krummen Stiege.
Daß man es in die Wohnung kriege,
zieht man am Seil es außen hoch.
Nur wenig fehlt zum Fenster noch,

da reißt der morsche Strick und, ach!,
der Flügel fliegt mit lautem Krach
aufs Pflaster. Grad um Haaresbreite
springt noch der Hausmeister zur Seite,

steht staunend vor dem Trümmerhaufen.
Er schwenkt die Pfeife, zeigt mit Schnaufen
auf das Klavier zu seinen Füßen
und sagt: „'s hätt' eh zerlegt werd'n müssen!"

Herbert von Karajan erzählte in einer philharmonischen Probe vom Haus des Großvaters auf der Wollzeile diese Geschichte, die auch auf einem Videofilm im Herbert-von-Karajan-Centrum, Wien, enthalten ist.

Herr Kunibald in der „Eule“

Weil Kunibald – er ist Student! –
die Oper „Parsifal“ nicht kennt,
fährt er nach Bayreuth, mit dem Rad
fast eine Woche. Sieht dort grad

die Birgit Nilsson, den Windgassen
und andre Sänger in den Straßen
am Weg zur Probe, zu den Schenken.
Nur Kunibald kann nicht dran denken

hineinzugehn, er hat kein Geld.
Doch jener Hauch der großen Welt
verlockt auch ihn. So steht er denn
vorm Wirt „Zur Eule“, denkt sich: Wenn

ich hier die Stufen abwärts gehe
und auf dem Treppenabsatz stehe –
da sieht er unter sich Hans Hotter,
den liebt, verehrt wie einen Gott er.

Da kommt ein Kellner aus der Küche,
schwenkt ein Tableau, bricht aus in Flüche:
denn Kunibald stieß stracks zusammen
mit ihm, schien das Tablett zu rammen,

daß von der Tasse, von der schiefen,
zwei Teller Gulasch abwärts liefen
grad auf Hans Hotter. – Nichts wie raus,
denkt Kunibald und stürzt hinaus.

Er könnte all das nicht bezahlen!
Voll Skrupel und Gewissensqualen
nimmt er sein Rad, fährt schleunigst heim.
Ade Bayreuth und Nibelheim!

Nach vielen Jahren dann in Wien
trifft er Hans Hotter und fragt ihn,
ob er noch an die „Eule“ denke,
den Unglücksfall in jener Schenke.

Hans Hotter zieht die Brauen hoch
und fragt erstaunt: „Wie kommt es doch,
daß Sie von dieser Sache wissen?“
Und da erleichtert sein Gewissen

jetzt Kunibald, hat sich entschuldigt.
Hans Hotter lacht. Er, dem man huldigt
als Wotan und weiß sonst noch was,
erzählt, wie weiterging der Spaß.

Denn die Kollegen in der „Eule“,
die stimmten an ein Lachgeheule.
Ihr Chor sang laut mit voller Kraft:
„Heil, Wotan, dir im Gulaschsaft.“

Günter Tolar, Quizmaster im ORF/Fernsehen, erzählte dem Autor von diesen zwei Begegnungen mit Hans Hotter.

Winnie Jakob: Hans Hotter als Wotan

Herr Kunibald schaut zweimal hin

Herr Kunibald schaut zweimal hin:
Die Jeritza singt heut in Wien
die „Tosca"! So hört er nach Jahren
sie endlich auch. – Nachher ziehn Scharen,

zieht ein Triumphzug übern Ring,
daß man zum „Imperial" sie bring'.
Dort zeigt sie sich auf dem Balkon.
Leis tröpfelt's und bald regnet's schon –

Da wirft die Jeritza den nassen
Verehrern Schirme zu in Massen.
Ihr Mann ist – er schafft Nachschub her –
ein Regenschirm-Millionär.

Zwei Strizzi, die am Ring flanieren
und sich für Kunst kaum interessieren,
die merken, da ist was zu sehn,
erfahren schnell, was hier geschehn.

Da winkt mit eines Schirmes Knauf
ein Strizzi zum Balkon hinauf.
„Geh, Alte!" ruft der Undankbare,
„Schmeiß her, schmeiß oba die Dollare!"

Herbert Prikopa und Heinz Holecek haben dem Autor, der in jener Maria-Jeritza-Aufführung mitwirkte, von diesem wienerischen Nachspiel erzählt.

Ludwig Unger: Maria Jeritza als Salome mit dem Haupt des österreichischen Gesandten in New York (Ausschnitt).

Herr Kunibald in Einsiedeln

Herr Kunibald spielt in der Schweiz,
in Einsiedeln. Besondern Reiz
hat für ihn dieses Chorkonzert.
Kein Wunder, daß grad hieher fährt

die Wiener Hofmusikkapelle!
Der Sängerknaben Stimmen, helle
und dunkle, schwingen sich empor –
bald einzeln, bald im vollen Chor –

zu der Gewölbe Dämmerlicht,
wo Hall und Widerhall sich bricht.
Des Kirchenraums barocke Schöne
wird noch verklärt durch Mozarts Töne.

Und als der Schlußakkord verklungen,
hoch im Gewölbe nachgeschwungen,
da stehen in der Sakristei
die Künstler. Einer ist dabei,

der Alt-Solist, ein Sängerknabe,
der weint ganz laut. Der Unglücksrabe
hat einen hohen Ton verfehlt.
Das stößt ihn auf, das kränkt und quält.

Doch Julius Patzak nimmt den Schopf
des Buben, richtet auf den Kopf,
den halbverweinten. „Schau mich an!"
sagt Patzak, „mir als altem Mann,

mir schlottern jedesmal die Knie
vorm Auftritt. Und du weinst, und wie!
Heul nicht! Ist um den Ton auch schade,
da, kauf dir eine Schokolade."

Der Autor erlebte auf einer Konzertreise der Wiener Hofmusikkapelle in der Wallfahrtskirche Maria Einsiedeln in der Schweiz diesen trostreichen Zuspruch an einen Wiener Sängerknaben durch Julius Patzak.

Herr Kunibald als Betriebsrat

Als Kunibald Betriebsrat war,
gastiert die Wiener Oper gar
in London. Er muß sich bequemen,
das ganze Geld zu übernehmen

für das Orchester. Die Diäten
für hundert Mann sind viel Moneten!
Er zählt die Pfunde, nimmt den Pack,
steckt ihn in einen Plastiksack.

Statt daß er abends zum Konzert
mit all dem Geld im Taxi fährt,
geht er zu Fuß quer durch Soho,
das Gangsterviertel. Ach, wieso

sollt' er sich fürchten? Plastiksäcke
gibt's dutzendweis an jeder Ecke.
Da kommt ihm sein Freund Otto nach,
der sagt: „Paß auf, was ich jetzt mach':

I've thousand pounds!", so ruft er laut,
äugt links und rechts, ob jemand schaut.
„Mach keine Witze!" warnt ein Mann
auf deutsch, geht weg, so schnell er kann.

Am Abend hat Herr Kunibald
die Gelder glücklich ausbezahlt –
teils vor dem Dienst, teils hinterher.
Er strahlt: der Plastiksack ist leer.

Erleichtert geht er durch Soho,
hört grelle Pfiffe irgendwo,
sieht auch verwegene Gestalten
und Kinder, die die Hand aufhalten.

Dann steht er endlich vorm Hotel.
Hier rechnet gründlich ab er schnell
mit Otto. Er sagt: „Du, mach das
kein zweites Mal! Geld ist kein Spaß.“

Hans Novak, Primgeiger der Wiener Philharmoniker, erinnert sich an den riskanten Geldtransport in London und an die Späße seines Freundes, des Sekundgeigers Otto Nessizius.

Herr Kunibald im Goldenen Saal

Herr Kunibald im Goldenen Saal!
Ja, das Orchester spielt zumal
sehr gern mit Knappertsbusch, dem Kna.
Der blonde Hüne steht groß da –

und wächst er über sich hinaus,
füllt ein Fortissimo das Haus.
Kna liebt die Tempi mehr gedehnt,
daß man nach Wald und Flur sich sehnt

bei dieser Schubert-Symphonie.
Am Schluß rauscht Beifall auf. Und wie!
Doch Kna verbeugt sich kurz und knapp
– einmal genügt! – und geht schnell ab.

Das Publikum bleibt klatschend stehn,
will Knappertsbusch noch einmal sehn.
Schon sucht des Hauses Präsident
nach ihm. Wo steckt der Dirigent?

Ob er im Künstlerzimmer wär'?
Doch Effenberger findet's leer.
Der ist hier Diener schon seit Jahren,
in Starallüren wohl erfahren.

Er merkt, wie er vom großen Saal
ins Künstlerzimmer geht noch mal:
Sie konnten ihn nicht finden hier!
Denn Kna sitzt unter dem Klavier.

Rudolf Effenberger: Hans Knappertsbusch

Rudolf Effenberger, Konzertdiener im Wiener Musikverein, erzählt in seinen „Erinnerungen" (Wien, 1927) diese Knappertsbusch-Anekdote.

Herr Kunibald spielt „Götterdämmerung“

Herr Kunibald hat auch gespielt
die Götterdämmerung. Wenn wild
die Flammen züngeln um Walhalla,
steht auf Hans Knappertsbusch. Der Fall, ja,

ist schwierig: Schlägt er eins, sind’s drei?
Noch eh’ zwei Takte sind vorbei,
merkt Knappertsbusch, daß Wotan schwimmt
und auch den Einsatz nicht annimmt.

Kna legt die Linke hinters Ohr,
er hört nichts. Laut ruft er empor
zu Wotan, steht der auch ganz nah:
„Auf eins, du Arschloch!“, wettert Kna.

Horst Stein zitierte in einer Opernwerkstatt der Freunde der Wiener Staatsoper diese Knappertsbusch-Anekdote.

Herr Kunibald fährt auf Tournee

Herr Kunibald fährt auf Tournee.
Die ist geteilt: A, B, A, B –
nicht nach Programmen, denn die kennten
sie alle, nein, nach Dirigenten!

Wenn Carl Schuricht dirigiert,
hat Knappertsbusch den Tag pausiert,
und umgekehrt. Wenn nur die alten,
betagten Herrn sich wacker halten!

Doch ohne Zittern, Zagen, Wanken
läuft alles gut. Sich zu bedanken,
geht Wobisch heut am letzten Tag
zu Knappertsbusch. Man weiß, der mag

nicht viele Worte, winkt: genug.
An der Zigarre noch ein Zug,
dann brummt Kna: „'s war nicht ungefährlich!
Herr Wobisch, tja, ich hab' Sie ehrlich

bewundert, daß Sie das gewagt
mit uns zwei." Kna bricht ab und sagt
mit seiner Stimme, seiner heisern:
„Gewagt mit uns zwei alten Scheißern."

Helmut Wobisch, Geschäftsführer der Wiener Philharmoniker, erzählte dem Orchester von diesem Zwiegespräch mit Hans Knappertsbusch.

Herr Kunibald im Abhörraum

Als Carl Schuricht aufgenommen
den letzten Satz, war vorgekommen
in jener Bruckner-Symphonie
ein kleiner falscher Ton. Doch wie

dann Schuricht sitzt im Abhörraum,
ist Kunibald auch dort, merkt kaum
den Ton. Ihn will auch stehen lassen
der Techniker – nicht Zeit verprassen,

weil an und für sich die Passage
doch wär' ganz gut. Da kommt in Rage
jetzt Schuricht, sagt: „Gut an und für sich,
nicht gut genug für an und für mich."

Jürgen Schmidt, Schallplattenproduzent, erzählte dem Autor diese Carl-Schuricht-Anekdote.

Herr Kunibald als Student

Herr Kunibald war als Student
noch jung und klein. Und doch, man kennt
in der Musikschule Traismauer
ihn schon als guten Geiger. Schau' er,

so findet man, für einen Lehrer
auch jung noch aus, geeignet wär' er.
So hat man ihn denn angestellt. –
Da kommt ein kleiner Bub, der hält –

bevor er noch „Grüß Gott" gesagt –
die Schnalle in der Hand und fragt:
„Du, servus! Lernst du auch schon Geig'n?
Geh, kannst du mir den Lehrer zeig'n?"

Erich Schagerl, Primgeiger der Wiener Philharmoniker, erinnert sich an die erste Unterrichtsstunde als Geigenlehrer.

Herr Kunibald bläst sich ein

Herr Kunibald bläst heut sich ein
für das Konzert. Er übt allein
im Flur; da fällt ihm ein, er will
noch etwas holen. – So lehnt still

jetzt sein Fagott, lehnt gottverlassen
im leeren Gang. Drauf aufzupassen,
wär' Kunibalds verdammte Pflicht;
nur manchmal geht das eben nicht.

Doch Hans Swarowsky, Dirigent
und Lehrer vieler Schüler, kennt
in solchen Dingen keinen Spaß,
rügt jeden Fehler. Er nimmt das

Fagott und trägt es um die Ecke,
will sehen, wen er damit schrecke.
Herr Kunibald wird blaß und bleich:
Sein Instrument ist weg! Sogleich

sucht er, vor Angst und Schrecken bang –
da steht es, steht im andern Gang!
Swarowsky lacht ganz unverhohlen,
sagt dann: „Wie leicht wird das gestohlen.

Ich lass' den Taktstock nirgends liegen!"
Der Dirigent versucht zu biegen
die Spitze, bricht jetzt ab ein Stück
und wirft es weg. „Ja, das bringt Glück!"

sagt er. „Das Stöckchen, steht zu lesen,
wirkt oft als wahrer Hexenbesen:
Es fliegt und saust hoch durch die Luft
und zaubert.“ – Da, die Glocke ruft!

Herr Kunibald grüßt kurz, eilt stumm
als letzter auf das Podium.
Swarowsky steht und lächelt fein,
dann folgt auch er, geht hinterdrein.

Ernest Bartolo: Hans Swarowsky

Satofumi Sugimoto, Solo-Fagottist am Ulmer Theater, studierte an der Wiener Musikhochschule und erinnert sich an jenes Konzert des Hochschulorchesters unter Hans Swarowsky.

Herr Kunibald beim Schulausflug

Herr Kunibald beim Schulausflug!
Ja, Lieder gäb' es wohl genug.
Doch Kunibald hört – und ihm bangt! –,
daß der Professor heut verlangt

„Am Brunnen vor dem Tore." – Nun,
wenn sich drei, vier zusammentun,
so finden sie wohl auch den Text
zu den drei Strophen. Wie verhext

taucht plötzlich der Gedanke auf,
ob man die zweite im Verlauf
des Liedes nicht doch singen soll
anstatt in Dur in dunklem Moll.

Die Frage war noch nicht geklärt,
steht man vorm Brunnen. Lieb und wert
für Schuberts einst'gen Aufenthalt
im nahen Schloß. Wie Kunibald

den Auftakt gibt, da singt man, singt
die erste Strophe, sie gelingt.
Doch wie „Die kalten Winde bliesen
mir grad ins Angesicht", bei diesen,

den düstern Worten ist's passiert.
Was nicht zu End' war diskutiert,
das rächt sich jetzt. Wie klingt das nur!
Die singen Moll, die grölen Dur.

Ja, der Professor schimpft, winkt ab
und läuft voraus den Berg hinab.
Die andern zögern auch nicht lang,
fliehn vor dem eigenen Gesang.

F. Rachy: Franz Schubert
(nach Moritz von Schwind)

Der Autor erinnert sich an einen Wandertag des Sankt Pöltner Gymnasiums nach Schloß Ochsenburg und an das mißlungene Ständchen vor dem Schubert-Brunnen.

Herr Kunibald ist bergerfahren

Weil Kunibald schon spielt seit Jahren
in Salzburg, ist er bergerfahren:
er hat am Untersberg, am Staufen,
sich seine Füße wund gelaufen.

Da hört von Barenboim er heut,
daß er sich auf das Kommen freut
der Staatskapelle aus Berlin.
Ja, Kunibald horcht auf, hört hin,

weil Daniel Barenboim betont:
„Die Musiker sind berggewohnt."
Still fragt sich Kunibald verwundert,
wie aus dem flachen Land die hundert

Kollegen ihre Form wohl zeigen.
Ob sie den Untersberg besteigen?
Doch Barenboim setzt fort: „Man kennt
bei uns", so sagt der Dirigent,

„nicht nur die Klassik. Berg gewohnt
ist jeder. Keiner, der sich schont
bei ‚Lulu', ‚Wozzek'. Man spielt glatt
den Alban Berg bei uns vom Blatt."

In einem ORF-Interview von den Salzburger Festspielen bezeichnete Daniel Barenboim sein Orchester der Berliner Staatsoper, die preußische Staatskapelle, als „berggewohnt" und erklärte erst im Laufe des Gesprächs seine Deutung dieses Begriffes.

Herr Kunibald geigt „Butterfly"

Herr Kunibald geigt „Butterfly"
in New York an der Met. Dabei
schaut er zur Bühne, schwärmt, nun ja,
für die Jarmila Novotna.

Im zweiten Akt schaut auch hinauf
Herr Kunibald. Denn jetzt tritt auf
das Kind; es wird herausgeführt,
was stets die Frauenherzen rührt.

Der Kleine heut ist schwer zu lenken:
Er heult – da hilft kein Tücherschwenken! –:
„Where is my mother?" brüllt er lang
zum italienischen Gesang.

Da schüttelt Kunibald den Kopf,
sagt zum Kollegen: „Wenn der Tropf
nur nicht auf deutsch ruft ins Theater:
‚Wer ist mein Vater? Wer ist mein Vater?'"

In einer Opernwerkstatt der Freunde der Wiener Staatsoper erzählte Jarmila Novotna von dem nach der Mutter brüllenden Kind in einer „Madame Butterfly"-Vorstellung an der Met.

Herr Kunibald tritt auf

Geht Kunibald aufs Podium,
so schaut er kaum ins Publikum.
Schon treten auf – der geht, der rennt –
der Pianist, der Dirigent.

Wie Rudolf Buchbinder dann spielt,
sucht mit dem Fuß – da wackelt wild
der ganze Kasten vom Pedal.
Das ist bei Beethoven fatal!

Jetzt fängt das große Tutti an,
laut spielen alle siebzig Mann,
und das Klavier hat viele Pausen.
Ja, Buchbinder macht keine Flausen:

Hinunter kriecht der Pianist,
schaut nach, was hier wohl locker ist,
zieht ein paar Schrauben an und schwitzt
und horcht, wie er am Boden sitzt,

auf jede Phrase der Musik –
werkt bis zum letzten Augenblick.
Der Dirigent bemerkt erst jetzt
den leeren Stuhl. Er fragt entsetzt

die Geiger – doch da taucht ein Schopf
empor, des Pianisten Kopf.
Die Finger greifen in die Tasten –
tritt das Pedal er, hält der Kasten.

Schlußendlich hat man viel geklatscht
im Publikum und auch getratscht.
Denn das sieht man nicht alle Tage:
Ein Pianist mit Turneinlage.

Rudolf Buchbinder, mit einem Beethoven-Klavierkonzert und dem Niederösterreichischen Tonkünstler-Orchester von Stadt zu Stadt unterwegs, erlebte einmal diese schwierige Situation.

Herr Kunibald hat erfahren …

Herr Kunibald hat jüngst erfahren,
daß Wolfgang Schneiderhan vor Jahren
als Kind so manchen Sommer war
in Pisek, war bei Otakar

Šefčik. Der hatte viele Zimmer:
In diese sperrt er – einzeln immer! –
die Kinder mit den Noten ein.
So geigt denn jeder ganz allein.

Dann geistert Šefčik durch die Gänge,
horcht an den Türen und gibt strenge
Anweisungen wie „Kein legato!“,
ruft „Detaché!“ und „Mehr spiccato!“.

Der kleine Wolfgang doch war schlau:
paßt auf, berechnet ganz genau,
wo Šefčik grad muß sein im Hause,
stellt sich ans Fenster und macht Pause.

Doch Šefčik dreht die Tour heut um.
Er schaut durchs Schlüsselloch: Zu dumm,
was macht der Bub beim Fenster drüben?
„Du, Wolfgang“, brüllt er, „du sollst üben!“

Der springt und ruft: „Ich hol’s schon nach!“
Stumm wartend, was der Bub jetzt mach’,
stößt Šefčik aus dann leise Pfiffe:
„Der Lausbub spielt schon Doppelgriffe!“

Bernhard Leitner: Wolfgang Schneiderhan

Wolfgang Schneiderhan erinnert sich gerne an den eigenartigen Geigenunterricht bei Prof. Otakar Ševčík.

Herr Kunibald denkt ans Küssen

Herr Kunibald denkt oft ans Küssen:
Was Sänger auf der Bühne müssen,
scheint ihm ein Grund, sie zu beneiden –
schaut er auch zu nur ganz bescheiden.

Von Birgit Nilsson wird erzählt,
sie küßt nicht jeden, nein, sie wählt;
tut oft nur so und küßt doch nicht
mit abgewendetem Gesicht.

Doch denkt sie gerne noch an einen
ganz jungen Kalaf. Man sollt' meinen,
der wäre ängstlich, wäre scheu!
War Placido Domingo neu,

so war's doch nicht sein erster Kuß.
Oh, daß sie das erleben muß!
Denn dieser Kalaf küßt sie lange
und feurig – nicht nur auf die Wange.

Das Publikum ruft laut: „Andiamo
adesso!“ Er kennt keine Scham, oh!
Und ruft man „Basta!“, küßt er heiß,
daß Turandot wird kreideweiß.

Heut trifft sie ihn am Opernball.
Nun, älter sind auf jeden Fall
die zwei. Doch blitzt in beider Augen
das alte Feuer. Das kann taugen

für tausend Küsse auf der Bühne.
Könnt' sein auch, daß man sich erkühne
zu einem langen Abschiedskuß
als dieser Wiener Ballnacht Schluß.

Birgit Nilsson und Placido Domingo erzählten auf dem Wiener Opernball 1995 für das ORF/Fernsehen diese Kalaf-Kuß-Geschichte aus Puccinis „Turandot".

Verzeichnis der handelnden Personen

Bildnachweis

Bibliothek der Musikhochschule, Wien
Seite 9, 11, 13, 15, 19, 21, 27, 29, 33, 35, 39, 41, 42, 53, 67, 70, 73, 79, 87, 89, 92, 165

Österreichische Nationalbibliothek
Seite 23, 32, 45, 48, 51, 65, 75, 83

Gesellschaft der Musikfreunde, Wien
Seite 46, 113, 157

Archiv des Autors
Seite 17, 55, 63, 69, 80, 82, 85, 91, 94–104, 107, 119, 121, 123, 125, 127, 137, 143, 149, 151, 153, 161, 163, 171, 173

Ks. Leonie Rysanek
Seite 131

Reinhard Öhlberger
Seite 61, 141, 169

Die Noten auf Seite 38 stammen von Mag. Shi Li.

Autor und Verlag waren bemüht, die Inhaber sämtlicher Urheberrechte ausfindig zu machen. Sollten unabsichtlich bestehende Rechte verletzt worden sein, wird gebeten, sich mit dem Verlag in Verbindung zu setzen.